Stefan Schürrer

AF272362

Der Reporter

Eine Novelle

Herstellung und Verlag:
BoD – Books on Demand
ISBN 978-3-8482-1481-5

Danke

an Floriyan Kümpers
für das Coverbild
„Der geschlachtete Sack"

&

Danke

an meine Freunde,
an meine Kritiker

Prolog

„Darf ich mich vorstellen? Ich bin ein Reporter. Viele würden mich abfällig lieber als einen Skandaljournalisten bezeichnen, weil ich im Dreck der Anderen wühle. Meine Aufgabe ist es aber eigentlich außergewöhnliche Menschen zu finden und ihre Geschichte niederzuschreiben. Solange sie noch die Augen aufbekommen und sich selbst erklären können, unterhalte ich mich mit ihnen. Meistens mit einem Diktiergerät, Stift und Zettel bewaffnet, treffe ich mich mit diesen Personen und finde heraus, warum sie etwas getan haben. Ich finde heraus, was die Menschen zu etwas Besonderem macht.

Ich nehme mir heraus hier einen bildenden Eindruck zu hinterlassen, weil ja doch stets auch alles in uns steckt, was im menschlichen Durchschnitt steckt. Wenn ich also über einen Mord schreibe, dann schaue ich mir den Mörder an und das Opfer, versuche eine gewisse Neutralität herzustellen. Ich bleibe stets neutral und ergreife keine Partei, das ist es wohl was mich so berüchtigt gemacht hat. Es ist ja auch nicht meine Aufgabe sie zu verurteilen oder in irgendeiner anderen Weise schlecht zu machen. Ich möchte nur deren Seite der Geschichte hören. Ich bin nur der, der ihre Geschichte aufzeichnet.

Dieses Mal bin ich zu weit gegangen. Meine skandalösen Geschichten haben Sie seit Jahren gelesen, wenn Sie morgens die Zeitung aufschlagen und beim Frühstück mit Ihren Liebsten am Esstisch sitzen, durften meine Geschichten nicht fehlen.

Aber nicht alle Geschichten durften abgedruckt werden. Die, die zu brisant waren, zu authentisch, zu gewagt waren, musste ich für mich behalten.

Aber diese Geschichte, die ich ihnen heute in besonderer Form als Buch präsentiere, muss unters Volk. Ich finde es wichtig, Sie, meine treuen Leser, nicht ohne ein Wort der Offenbarung zurückzulassen."

Es wird kurz inne gehalten, dann entfernt der konzentrierte Mann den letzten Satz und macht einen Absatz. Aus dem hinteren Zimmer dringt eine genervte Stimme: „Wie schwer ist es, deine letzten Interviews zusammenzuschneiden?"
„Es geht nicht nur darum sie bloß zusammenzuschneiden, es geht um viel mehr." „Ja, das weiß ich. Das versuchst du mir schon seit dem Abend, an dem du gefeuert wurdest und mit dieser dummen Idee dahergekommen bist, zu erklären. Ich verstehe es aber nicht. Ich verstehe nicht wieso dir dieser Fall so wichtig erscheint. Es ist nicht dein Arsch, der verurteilt werden soll. Es hat dich nicht zu kümmern und wenn du damals nicht dermaßen darauf hin gearbeitet hättest, diese Geschichte zu veröffentlichen, hättest du noch deinen Job und wir weniger Probleme."
„Ja, es tut mir ja auch leid. Wie oft soll ich es noch sagen. Aber ich kann nun mal nicht ruhig dasitzen, während sie einen Menschen, egal wie verrückt er erscheint, für etwas verurteilen was er nicht getan hat. Ich habe versprochen meine Beweise sinnvoll zu nutzen und mein Versprechen werde ich einhalten. Ich werde die Wahrheit ans Tageslicht bringen."
Der Reporter beugt sich wieder über seine Arbeit, fügt zu seinem Anfangsstatement hinzu: „Denkt mich in diesem Fall als euren Geschichtenerzähler, der mit kleinen Anregungen in die Köpfe der Beteiligten blicken lässt. Ich erzähle euch die Geschichte aus meiner Sicht, wie ich für den Fall Feuer gefangen habe und nicht mehr ablassen konnte. Wie ich immer tiefer hineingeraten bin in die Suche. Meine Interviews sollen die losen Lebensgeschichten der Beteiligten zusammenhalten und in einen Rahmen biegen, der

für einen Kriminalroman ausschlaggebend wäre. Nur, dass es kein handelsüblicher Kriminalroman ist. Es ist mehr, es ist in Wirklichkeit passiert. Es ist ein Kriminalroman des Lebens.

Mehrere Morde, die die Polizei an die Grenzen des Verständnisses bringen. Ein geistig verwirrter Täter, der sich seine eigene Welt zusammengelogen hat, ein kriminell vorbestraftes Opfer, den die Polizei schon lange aus dem Weg geräumt sehen wollte. Bei dieser Konstellation ist es ja auch beinahe verständlich, dass die Polizei diesen Fall schnellstmöglich zu den Akten befördern will und sich um keine genaue Untersuchung bemüht hat. Aber lest es selbst, bevor ich Ihnen zu viel verrate."

Was der Skandaljournalist weiß und nicht weiß, dass behält er erst einmal für sich. Er lässt den Leser alleine mit der Geschichte. Er bietet nur die einzelnen Fakten in seinen Interviews, den Rest kann sich dann jeder selber denken. Und für die, die nicht selber denken können, gibt er eine Hilfestellung, eine göttliche Weitsicht mit an die Hand durch einzelne Geschichten, als Leitfaden gedacht. So wird hoffentlich Licht in das blutige Chaos gebracht. Es erscheint nämlich vieles nicht so wie es auf den ersten Blick wirkt. Manchmal muss man sich die Zeit nehmen und alles noch einmal genau untersuchen, in diesem Fall heißt es: Lest das Buch. Denn, wenn man nur lange genug hinsieht, offenbart sich schlussendlich die einzige Wahrheit.

26. März 2012 Interview mit einen Hinterbliebenen

„Danke für ihre Zeit.", sage ich und frage mich was ich hier soll. Ich wollte schon vor etwa zwei Stunden zu Hause sein. Mein Chef kam heute Morgen an den Schreibtisch und warf mir mit einer Handbewegung die Polizeiakte auf den Tisch, meinte zu mir: „Du hast heute Abend noch einen Termin mit einem trauernden Freund des Toten. Ein mehrfach vorbestrafter Drogendealer ist tot aufgefunden worden. Du holst so viele Informationen bei dem Interview aus der Sache wie es geht. Ich möchte spätestens morgen einen Artikel von dir."

Ich blicke in die ausdrucksstarken Augen meines Gegenübers und sage, während wir uns die Hände schütteln: „Ich möchte Ihnen erst einmal mein Beileid aussprechen. Das ist etwas, was niemandem passieren sollte."

„Ja. Es ist schlimm. Ich war die letzten drei Monate in Russland und habe nichts von seinem Zustand mitbekommen. Das ist das Schlimmste. Die Tatsache, dass ich nicht anwesend war." „Ich weiß, wie sehr Sie es eilig haben, Sie müssen nachher zu einem Vortrag über ihre Russlandreise, von der Sie erst vor ein paar Tagen zurückgekehrt sind, richtig? Deshalb würde ich gerne weiter machen, wenn es Ihnen nichts ausmacht."

Wir setzen uns. Der Polizeibericht war lückenhaft und schlampig ausgefüllt. Die Augenzeugenberichte widersprachen sich und alle Informationen zur Todesursache oder zum Zeitpunkt fehlten, alles Interessante war geschwärzt. Das war alles was die Presse bekam. Um darüber mehr zu erfahren, müsste ich mich anderen Quellen bedienen, mich nicht mit einem Freund des Opfers begnügen. Ich beschließe jetzt schon, gleich mal meine Kontaktperson für solche Fälle aufzusuchen und nach mehr Informationen zu befragen.

„Ich nehme mir die Zeit. Die können ruhig mal ein wenig auf mich warten. Ich kann mir ruhig auch mal ein paar Minuten frei nehmen."

„Das freut mich aber. Sie haben immer einen vollen Terminkalender, wie es scheint." „Ja. Das brauche ich auch. Ich kann es nicht ertragen, wenn Stillstand herrscht. Aber keine Angst, für heute habe ich nichts weiter vor als den Russlandvortrag in den Abendstunden. Das geht schon. Ist für mich fast wie Urlaub."

„Die vielen Reisen und das Studium, das Jobben und die Vorträge. Das ist ganz schön viel für einen jungen Menschen." „Genau. Da haben Sie wohl recht. Wenn ich nicht so eine gute Organisation in meinem Alltag hätte, ich wäre schon längst untergegangen. Bei meinem umfangreichen Leben brauche ich einfach eine gute Organisation, um all das unter einen Hut zu bringen. Deshalb mache ich auch nur das, was wichtig erscheint."

„Ich bin beeindruckt von ihrem Tagespensum, muss ich Ihnen gestehen. Ich nehme unser Gespräch auf und mache mir kleine Notizen, wenn es Sie nicht stört."

Ab hier wird das Gespräch durch ein leise surrendes Aufnahmegerät begleitet. „Nein gar nicht. Ähm, soll ich jetzt einfach anfangen zu erzählen, oder wie machen wir das?" „Ja, wenn Sie es möchten, bitte. Oder ist es Ihnen lieber, wenn ich Ihnen ein paar Fragen stelle? – Aber etwas beschäftigt mich persönlich noch an der ganzen Sache. Was treibt Sie zu den vielen Reisen an?"

„Ich reise gerne, weil ich nicht lange an einem Ort sein kann. Ich beginne meine Vortragsreden immer mit demselben Gedanken:

Die Hauptsache an uns Menschen sind die Augen und die Füße. Man muss die Welt sehen können und hingelangen. Die Welt bereisen, um sie zu begreifen. Das ist glaube ich das Wichtigste im Leben. Alles zu begreifen. Die Welt sehen. Wer weiß wie lange wir dazu noch die Zeit haben. Ich meine, so viele Menschen steht dieser Luxus nicht zu, deshalb sollten wir die Chance auch nutzen."

„Ja. Das haben Sie schön gesagt. Ich würde gerne zurückkommen auf das Thema unseres Treffens, wenn es Sie nicht stört. Wie war es für Sie nach seinem Tod? Haben Sie in den letzten Tagen die Wohnung noch einmal betreten?"

„Ja. Ich betrat seine Wohnung und es erinnerte mich alles. Es war schlimm. Der muffige Geruch, der angesammelte Staub rief lang vergessene Abende wach. Wir haben immer viel gelacht und viel getrunken. Wir planten die Welt zu bereisen. Es sind solche Sachen, die mir wieder einfallen. Wir waren ein verrückter Haufen, da ist es kein Wunder, dass so viel Blödsinn dabei herumgekommen ist. Für alles gibt es eine Zeit, und diese Zeit nennt sich Studium. Das sagte er immer wieder."

Notiz: Gemeinsame Reisen, Abenteuerlust. Wo die Anzeichen für einen Selbstmord? Doch Mordopfer? Aber etwas stimmte nicht mit dem Polizeibericht. Nun schaut der Freund betroffen auf den Boden und redet weiter, so als wäre er gerade in der besagten Wohnung. Ich kann ihm gedanklich nicht folgen und hadere mit meiner Theorie. Aber eines steht fest, der Mord ist nicht so geschehen wie man es im Polizeibericht steht. Irgendwas wurde verheimlicht. Irgendwas vertuscht.

Der junge Student spricht weiter und ich schäme mich fast ein bisschen, die Konzentration kurz verloren zu haben: „Ich stand in der Tür und dachte nur: Kann ich das wirklich? Ist es richtig gewesen, noch einmal seine Wohnung zu betreten, obwohl er nicht mehr da ist?

Ich fühlte mich dabei unwohl. Hätte ich damals gewusst was ich heute weiß, ich hätte ihm helfen können. Ich hätte ihm helfen müssen. Ich muss blind gewesen sein. Vielleicht wollte ich auch einfach die Wahrheit nicht sehen. Es gab so viele Anzeichen in seinem Verhalten und in jeder Pore seiner Wohnung, die dafür

sprechen würden und ich habe die Warnhinweise glatt übersehen."
„Sie glauben also auch nicht an einen Mord?" „Nein. Er verbannte zum Schluss immer das Licht aus seinem Zimmer, wissen Sie, er ließ die Fensterläden immer geschlossen. Sein Zimmer war stets unordentlich, hilflos chaotisch. Als wäre er überfordert mit seiner Situation."

Ein guter Punkt, um etwas mehr zu erfahren, denke ich und frage mitfühlend:„War er überfordert? Ich entnehme meinen Unterlagen, dass er zwar für einige Semester eingeschrieben war an der Universität, aber eigentlich schon immer neben dem Studium für Internetfirmen Programmcodes geschrieben hat. Und dann sind da noch die geschwärzten Akten der Polizei über ihn."

„Eigentlich war er ein stadtbekannter Dealer. Die Internetfirma sollte für sein Umfeld Tarnung sein. Es war ein optimales Alibi. Er konnte so seinen ausschließlichen Aufenthalt in der Wohnung begründen und das viele Geld auf seinen Konten auch." „Sie wussten davon?"

„Ja. Ich hoffe, dass schreiben Sie mir nicht in den Artikel, aber ich habe sogar bei der Entstehung seines Netzwerkes zu Anfang mitgewirkt. Es war ja auch ein großer Spaß. Ich habe geholfen, wenn Lieferjungen ausfielen, ich habe diskret Kunden angeworben und bei der Finanzierung mitgeholfen. Aber egal. Diese Zeiten sind jetzt wohl vorbei. Damals fand ich das ziemlich spannend, müssen Sie wissen. Ich habe es als Spaß betrieben. Aber nie habe ich mich so verstrickt, bin so sehr in die Fänge der Unterwelt abgedriftet wie er. Habe die Finger von dem krassen Scheiß gelassen. Die haben wir sowieso nicht verkauft. Aber genug davon. Ich habe schon zu viel erzählt."

„Ich würde gerne noch einmal auf diese Sache zurückkommen, wenn es Sie nicht stört. Sie waren also von Anfang an dabei? Wie hat das Unternehmen begonnen?"

„Wir hatten unsere Kundschaft immer im Haus, da fiel es leicht die Ware loszuwerden. Seine Wohnung war der Umschlagplatz. Es waren ja sowieso schon immer viele Leute da. Wir feierten fast jeden Abend, wenn es ging." „So lässt es sich studieren, oder?" „Ja, das war eine schöne Zeit."

„Sie sagten, es waren immer Leute da. Haben Sie nach allem was passiert ist immer noch Kontakt zu den anderen Stammgästen?" „Wir treffen uns gelegentlich. Soweit ich weiß, ist sein Mitbewohner gerade auf Wohnungssuche. Er wollte mit seiner Frau zusammenziehen in eine kindergerechte Wohnung. Er und seine Frau waren auch irgendwie bei jeder Gelegenheit da. Ansonsten die üblichen Verdächtigen. Ein paar zottelige Chemiker, Philosophen." „Und was sagen die dazu?" „Die sind genauso überrascht worden davon wie ich."

„Wissen Sie denn, ob er Feinde hatte? Wenn er so sehr im Drogenhandel involviert war, muss man doch auch dem einen oder anderen Typen dumm kommen." „Ja. Vermutlich wurden wir nicht gerne gesehen, aber wer sollte ihm deshalb böse sein? Wir hätten ja nichts mit dem Geschäft auf der Straße zu tun, wir waren ja auch nur einfache Studenten."

Klick. Ich stelle das Aufnahmegerät aus und strecke mich noch einmal kurz, so wie vorhin schon ein paar Mal. Ich werde auch nicht jünger. Die ersten Aufnahmen in meiner Laufbahn als Reporter mit diesem Diktiergerät waren noch von gesellschaftskritischem Niveau. Ich arbeitete die ersten Monate meiner Karriere als unbezahlter Praktikant in einer der großen Tageszeitungen und unterstützte die Rubrik Politik bzw. zeitweise auch die Tagesthemen der Regionalseite. Da durfte man noch über den maroden Staatsapparat und die Wirtschaftskrise berichten. Über die Finanzkrise, die steigende Inflation und den bevorstehenden Konflikt im

Nahen Osten. Nach meinem Wechsel zum Boulevardblatt war damit Schluss. Aber von irgendwas musste ich ja leben.

Das Boulevardblatt brachte Geld. Von da an ging es bergab mit mir, im journalistischen Sinne. Artikel über Gartenshows oder Zuchthasenwettbewerbe waren an der Tagesordnung, bis ich mir ziemlich schnell einen Ruf gemacht hatte als Skandaljournalist.

Aus dem hinteren Zimmer erklingt wieder die genervte Stimme, unterbricht meine Gedanken: „Kommst du jetzt endlich mal ins Bett?"

„Nein Schatz. Tut mir leid. Ich muss jetzt los. Ich wollte mich noch schnell mit einem alten Freund treffen. Er scheint ein paar Informationen zu besitzen, die bis jetzt noch nicht an die Öffentlichkeit gedrungen sind." Sie tut ganz unbeeindruckt und meint nur im Halbschlaf: „Mach das Licht aus oder die Tür zu, wenn du noch arbeiten musst."

Ich habe mir da aber schon meinen Mantel übergeworfen, das Licht ausgeknipst und bin in die kalte Nacht verschwunden, mein Handy klingelt. Erst auf der Straße werde ich langsamer und nehm das Gespräch entgegen: „Ja? Ja. Ich bin schon auf dem Weg. Gleich da. Ja. Bestell schon mal das übliche. Bis gleich."

In den Straßen hängt mal wieder tiefer Regen und die Müllabfuhr streikt oder hat die Straßenzüge der Nachbarschaft ausgelassen, solch ein Gestank herrscht hier. Es ist verdammt kalt und stürmisch, wenn man bedenkt es müsste eigentlich Hochsommer sein. Ich bin auf dem Weg zu einem kleinen ramponierten italienischen Restaurant, um einen Freund und Informanten von der Polizei zu treffen.

Es achtet in dieser Gegend niemand mehr darauf, ob die täglichen Pflichten eingehalten werden. Das Land geht langsam aber sicher vor die Hunde und niemanden interessiert es. Darüber sollte ich berichten. Aber wer würde es denn noch abdrucken? Niemand.

Ich erreiche mit ein wenig Verspätung das Restaurant. Drinnen sitzen nur die üblichen Gäste und unterhalten sich über die wie immer etwas zu laute Musik hinweg. Mein alter Bekannte von der Polizei sitzt vor einer großen Portion Nudeln mit Balsamiko und Käse, für mich steht der Kaffee in einer Warmhaltekanne auf dem Tisch. Zum Essen habe ich nie Zeit, aber die Nudeln sollen köstlich sein.

Wir begrüßen uns herzlich mit einer Umarmung, dann nehme ich an seinem Tisch Platz und wir kommen ins Gespräch. Ein bisschen Smalltalk, bis wir zum eigentlichen Thema des Abends gelangen.

„Ich kann dir leider nicht mehr helfen. Bei der anderen Sache habe ich schon meinen Kopf für dich riskiert. Ich hätte dir niemals den kompletten Polizeibericht zukommen lassen dürfen." „Ja. Ich weiß und das rechne ich dir auch hoch an. Es hat mir wirklich geholfen. – Ich brauche doch nur noch eine Kleinigkeit. Etwas, das meiner Theorie untermauert. Ich weiß, du bist gut und hast viel Einfluss. Wenn du es nicht schaffst, dann schafft es keiner. Ok, ok. Ich sehe deine Sorgenfalten. Sagen wir es so, ich brauche nicht viel. Ich komme auf den Punkt. Die üblichen Reden ersparen wir uns: Was ich wirklich brauche das ist der Autopsiebericht. Ohne den Zettel sind meine ganzen Nachforschungen umsonst." „Und was dann? Deine Geschichte wird sowieso keiner veröffentlichen. Ich habe von deinem Rauswurf beim BQ gehört. Wenn die die übliche Strategie fahren, und das werden sie, bekommst du nirgends in der Stadt mehr einen Job bei dem du auch nur einen Stift in die Hand nehmen darfst."

„Du brauchst dir keine Sorgen um meine berufliche Laufbahn zu machen. Ich habe noch einflussreiche Kontakte." „Jetzt hör mir mal zu. Ich mache mir keine Sorgen um deine berufliche Laufbahn, ich mache mir Sorgen um dich. Du hast schon viele Leute verärgert. Pass auf dich auf. – Wie geht es eigentlich Sarah? Wie wird sie mit dem Ganzen fertig?" „Gut, danke der Nachfrage. – Und wie geht es deinen Kindern und deiner Frau?"

„Die Kinder schlagen sich gut in der Schule. Sam überlegt, ob er Jura studieren will. Meine Frau macht sich Sorgen um den Jüngsten, aber ich sage immer wieder, er ist noch jung und macht schon seinen Weg. – Du, ich werde es versuchen. Weil du es bist! Dann kannst du aber nichts mehr von mir erwarten. Nicht mal mehr einen kleinen Gefallen. Mehr kann ich dann nicht für dich tun. Es war schon schwer genug, dir einen Termin im Gefängnis zu verschaffen. Wenn ich das hier schaffe, brauchst du nicht mehr zu mir zu kommen. Außer natürlich mit Sarah zum Kaffee." „Bleibt es bei nächste Woche Samstag?" „Ja. Wir freuen uns schon drauf." „Ok. Tut mir leid, aber ich muss schon wieder los. Habe noch andere Termine. Bis Samstag dann. Grüß Frau und Kind." „Grüß du mir die arme Sarah." Da bin schon wieder auf der Straße.

Erste Geschichte

Zweites Interview – 25. Februar 2012 Interviewtermin
im Gefängnis

„Ist es nur eine geschickte Strategie von ihnen oder sind sie wirklich von all dem überzeugt was man Ihnen in den Mund legt?" Wir haben schon eine gute halbe Stunde miteinander gesprochen, bis ich auf das eigentliche Thema zurückkommen konnte. Zu dieser Zeit wusste ich es nicht. Diesem wahnsinnigen Kerl wird der Mord an dem Drogendealer Ende März zugeschoben und ich bin gewillt, seine Weste reinzuwaschen.

„Was erzählt man sich denn?" „Ich fasse es gerne für sie zusammen: Sie sollen vor dem Mord an ihren Eltern einen ersten Mord getan haben. Nun behaupten sie auch noch, an weiteren Morden beteiligt zu sein. Viele behaupten, sie würden alles erfinden. Ist das nicht auch alles ein bisschen viel für einen einzelnen Menschen?

Aber ich fälle mir kein Urteil über Sie. Sehen Sie mich als ihr Sprachrohr, um alle angeblichen Gerüchte vom Tisch zu nehmen, um ihre Geschichte unters Volk zu bringen. – dann frage ich sie jetzt: Was hat sie zu dieser Tat bewogen?"

„Ich möchte erst einmal ein Vorwort abgeben. Nehmen sie schon auf?" „Ja.", meinte ich trocken und gab dann nichts weiter dazu. Ich wusste ja nicht, dass dieses Interview später einen Wert für mich hat. Ich sollte nur einen Bericht über den Elternmörder schreiben, dafür das Interview. Jetzt dient es mir dazu einen genauen Einblick in das Wesen des Elternmörders zu geben.

„Mein Dank gebührt der Menschheit im Allgemeinen mit all ihren Bosheiten und zwischenmenschlichen Verfehlungen, die die einfachen Menschen jeden Morgen aufs Neue dazu bringen mit dem

Gedanken an Mord herumzulaufen. Ob an der Zapfsäule einer überteuerten Tankstelle oder im üblichen Gedrängel eines verkaufsoffenen Sonntags, sie alle denken in gewisser Hinsicht an manchen Tagen darüber nach, wenn sie einmal ehrlich sind.

Danke an die Vormenschen, die Mord und Totschlag als einfachsten Weg der Problemlösung in einer Gesellschaft betrachteten und sich der animalische Trieb in unserer zivilisatorischen Entwicklung dadurch fortgesetzt, festgesetzt und unumgänglich festgefressen hat.

Danke an die Menschen der französischen Revolution und danke an die Jakobiner für das politische Verständnis zum Morden mithilfe der Guillotine.

Danke an die Besiedlung der fremden Welten durch Europäer und das Verständnis für die Inbesitznahme des Landes durch das angeborene Recht zum Morden, für das Verständnis der Untermenschen.

Danke an die NSDAP und alle politischen Extremisten für ihre Verwirklichung des Konzentrationslagers und die verstaatlichte Durchplanung eines Mordens, danke für das Verständnis eines niederen Menschen und sein nichtexistentes Recht zu leben und für die darwinistische Begründung des Mordens, um Rassenreinheit aufrechtzuerhalten.

Danke an die al-Qaida und jedem Fanatiker für die Verwirlichung eines religiösen Mordes in großem Maße, auch heute noch. etc. pp.

Ohne diese vielen Fehltritte hätte ich nicht den Mord als mein Untersuchungsobjekt begriffen; ich hätte nie gemordet. Ich setzte nur die Tradition fort. Ich habe gemordet wie meine Vorväter und Väter vor mir.

Dem Menschen fiel es immer schon leicht sich von Anderen zu trennen, das Ergebnis bleibt dabei gleich grausam, nur die Methoden haben sich über die Jahrhunderte geändert. Die Auslöschung ist das Einfachste, was getan wird, wenn Probleme vorhanden sind. Daran hat sich nie etwas geändert. Ich habe mich zum Mord hingezogen gefühlt wie ein jeder von uns. Nur das kann ich gut. Und wenn man etwas gut kann, sollte man dabei bleiben."

„Erzählen Sie mir und meinen Lesern doch bitte alles von Anfang an."

„Gerne. Den Tathergang meines ersten Mordes selbst lasse ich erst einmal aus, das sind nur verschleierte Ereignisse. Der Morgen danach lag zu Anfang schwer auf meinem Gewissen. Mir wurde nämlich mit einem Male, als ich die Tristesse des Raumes um mich herum erblickte, gleich beim ersten Augenzwinkern klar, ich habe gemordet. Aus blinder Wut und Gier.

Meine Kleidung war noch ganz blutdurchtränkt und der fade Duft unbeschreiblich. Gestern noch erfreute ich mich am normalen Leben, dem Wehen des aufkommenden Windes in wilden Sprüngen über die Grasnabel, heute nichts mehr davon. Ich spüre nichts mehr. Ich höre nichts von den Südwinden. Was ich am Morgen danach nur hörte war ein fürchterliches Heulen verursacht durch chaotisch angeordnete Rohrsysteme über mir. Was ich sagen konnte: ich fühle mich nicht anders.

Aber erst einmal zu den alltäglichen Dingen: wo war ich?

Mein genauer Aufenthaltsort konnte nicht von mir bestimmt werden. Nicht von mir und auch nicht von der Polizei, die mich ein ganzes Stück durch die verzweigte Kanalisation jagte, bis sie meine Spur verloren. Also einigen wir uns für den Moment einfach auf die örtliche Kanalisation als meinen Aufenthaltsort. Die Erinnerung daran wird wohl, während ich erzähle, zurückkommen.

Wieso wurde ich gejagt? Was hat die Polizei damit zu tun?

Nun, zu jedem guten Mord gehören Opfer, Täter und Polizisten. Die fleißigen Polizisten haben dieses Mal ein ganzes Stück Arbeit, eine Menge lästige Ermittlungsarbeit weniger gehabt. Ich habe es ihnen vielleicht schon ein wenig zu einfach gemacht. Die Leiche hat noch mit letzter Kraft Vergeltung geatmet, das Blut war noch frisch auf dem Boden, floss in Strömen dem Grab entgegen und ich mit der eben erwähnten verdächtigen Substanz behaftet, als sie am Ort des Geschehens eintrafen.

Also hinter mir her. Mit Blaulicht und Schießeisen, viel Geschrei und Gerenne. Aber ich entkam. Blindlings in irgendwelche Abzweigungen, durch enge Löcher und einfach nur weg. Warum? Warum das ganze Theater? Wegen ein paar Groschen? Nein.

Ich sage nur: Es war nötig. Ich musste töten, um diese eine bestimmte Sache zu untersuchen. Es ging mir nicht um das Geld. Den Gedanken an Mord und brutalem Totschlag trage ich schon länger mit mir herum. Ich erkläre erst einmal, was es damit auf sich hat.

Die Arbeitsthese, von der ich bei meinen Gedankenspielen ausgegangen bin, lautete: Verändert sich der Mensch nach einem Mord an einem anderen Menschen?"

„Und, was haben sie in diesem Aufgabenfeld mittlerweile festgestellt?" „Mittlerweile stelle ich fest: Die Existenz des Menschen ist überflüssig. Wird von allen überschätzt." „Wie kommen sie zu der Frage und vor allem der Erkenntnis, dass die Existenz des Menschen überflüssig ist?"

„Ich wollte es schon so lange einmal untersuchen, aber nicht so eilig. Nicht überstürzt eigentlich. Deshalb ja auch das Durcheinander. Deshalb das apokalyptische Durcheinander mit den drei Polizeibeamten nach dem Blutbad und die hektische Verfolgungsjagd durch die engen Gassen und der Kanalisation. Sie hätten mich fast gehabt, weil ich zu unüberlegt, zu spontan gehandelt habe. Ich habe mich von den alltäglichen Gefühlen verleiten lassen. Das darf nicht noch einmal geschehen."

„Was haben Sie gefühlt?" „Ich dachte: Gestern Nacht war ich ein Mörder, danach ein Verfolgter und nun bin ich ein Gesuchter. Ich habe aber keine Schuldgefühle gehabt oder dergleichen. Die Gefühlsvorstellungen unserer Gesellschaft sind dabei komplett nutzlos, das ändert auch nichts an der brutalen Tatsache, dass ich ein Menschenleben auf dem Gewissen hatte. Was man sagen kann, ist, auf meinem Gewissen liegt nun ein Menschenleben mehr. Ich trage es nun mit mir herum wie einen schweren leblosen Sack Mehl vom Mühlstein zum Bäcker. Was davon, entweder das Mehl, der Mühlstein oder der Verkauf der Brötchen nun die Leiche, die Tat und der zu erreichende Zustand der Akzeptanz ist, liegt auf der Hand. Es ist wohl so eindeutig, dass ich hoffe es niemals erklären zu müssen."

„Aber was, wenn ich sie danach ausfrage?"

„Dann brauche ich eine Erklärung.

Also fangen wir beim Offensichtlichsten von allen Dingen an. Der Mahlstein ist in einem Prozess eingebunden, zur Herstellung von etwas, ebenso die Tat. Und der Verkauf der Brötchen ist mein endgültiges Ziel, ein neuer Zustand der Akzeptanz. Den Rest dazu überlege ich mir später. Ich meine, vielleicht kann man mit der dunkeln Tatsache leben?! Das war ja auch irgendwo mein Plan. Das wollte ich wie ja schon angekündigt untersuchen. Und da kam mir halt dieser aufgeblasene Schnösel auf meiner allabendlichen Einkaufstour ganz recht.

Er sollte es sein. Für etwas anderes ist er nicht geboren worden, hat für nichts sein Leben gelebt, außer für meine Arbeitsthese zu sterben. Das war mein Plan. Jemanden finden, der würdig genug ist, mein Opfer zu werden, damit ich der Menschheit den endgültigen Beweis liefern kann.

Irgendjemand musste ja der entscheidenden Frage nachgehen. Also beschloss ich zu untersuchen, ob man mit dieser Schande leben kann. Gerade heute beim Aufwachen wurde es mir klar: Dafür bin ich geboren worden. Ich konnte doch nie etwas richtig. Das konnte ich aber. Als Versuchsobjekt herhalten. Verstanden?"

„Sind Sie sicher, dass Sie nicht einfach mordeten aus Vergnügen? Purer Lust? Und hinterher dachten Sie sich diese verrückte Begründung aus? Um es selber zu verkraften?" „Sie meinen, ich habe gemordet, nur um zu sehen wie jemand stirbt? Das ist ja pervers. Das ist animalisch und brutal. So bin ich nicht. Ich handelte bei jedem Mord mit meinem Verstand."

„Sie unterstützen damit die Thesen, sie hätten weitere Morde auf dem Gewissen. Aber wie ist es zum Mord an ihren Eltern gekommen?" „Ja. Ich habe schon einmal gemordet. Wir können gerne noch über die anderen Morde sprechen. Den Tod meiner Eltern möchte ich hier aber nicht erklären. Das wäre ein zu weites Feld für dieses Interview."

Die Sicht des Mörders

Ich habe gemordet. Natürlich nicht zum ersten Mal in meinem Leben, aber dieses Mal für die Wissenschaft, dieses Mal einen Menschen. Ein wissenschaftlicher Versuch, kein brutaler Akt der Unmenschlichkeit.

Was Mathematiker in Gleichungen, was Vulkanologen in tiefen Berghöhlen, was Astrologen in den Sternen und Wirtschaftswissenschaftler in Aktienkursen, was Alkoholiker auf dem Boden einer Flasche und gewisse Frauen beim Anblick von hübschen Schuhen hoffen zu finden, dass hoffte ich beim Morden zu erwischen wie eine Motte das Licht. Kurz gesagt: Den Lebensgeist, den Sinn im Leben. Das Vergnügen am reinen Leben.

Es fing ja bei mir schon früh damit an. Wenn ich Lebewesen bis in den Tod quälen konnte, war es für mich eine kurze Befriedigung. Ich erkannte den Sinn im Leben beim Töten, weil ich den Wert des Lebens dadurch genauer erkannte. Ich sah was ich raubte und wusste, irgendwann wird es auch mich erwischen kommen und auch mir das Leben aussaugen. Somit wusste ich, genieße jede

Stunde deines Lebens; du bist ebenso sterblich wie ein Baum oder Pilz, eine Fliege oder Spinne, ein Hund oder eine Katze.

Ich habe auch sonst nichts, um mich zu freuen. Mein Leben ist von einer wahnwitzigen Wahnsinnsroutine beherrscht. Schließlich fahre ich jeden Tag mit der Stadtbahn entweder zur Universität, um meine Nase in staubige Bücher zu stecken oder ich sitze in der Bahn, um frühmorgens zur Bäckerei meines Vaters zu kommen, um ihm im Geschäft helfend zur Hand zu gehen. Das war die Routine, die mein Leben bestimmt. Irgendwelche Philosophiebücher oder die Arbeit am Teig.

Ansonsten habe ich doch nichts. Und mittlerweile denke ich sogar, es wird auch nichts mehr dazu kommen. Mein Vater hat bei der üblichen Arbeit im Laden immer wieder im Gespräch mit den Kunden eingebracht, wie sehr er den Laden liebt und wie viel es ihm bedeutet, dass ich den Familienbetrieb irgendwann übernehmen werde.

„Haben Sie schon davon gehört, Herr Landmesser schließt seinen Wurstladen. Was ihn am meisten stört dabei, er hat keinen würdigen Nachfolger. Vielleicht wird ihn einer der Großunternehmer übernehmen." „Wissen Sie, man wird ja auch nicht jünger. Aber ich werde den Laden nicht in unfähige Hände übergeben. Mein Sohn wird den Laden irgendwann übernehmen. Ich lerne ihn ja jetzt schon ein. Ich weihe ihn in die Familiengeheimnisse ein."
„Ach, das ist aber schön. Dann muss ich mir auch keine andere Bäckerei suchen. Ihre Brötchen sind nämlich die Leckersten."
„Das freut mich aber, wenn Sie uns treu bleiben, Frau Wagner. Danke für das Kompliment. Ich verrate Ihnen ein Geheimnis. So unter uns: Unsere Brötchen sind mit Liebe gebacken. Das macht den Unterschied aus zu den Großbäckereien."

Mit keiner Miene werde ich gefragt was ich davon halte. Der Wahnsinn ist einfach, dass ich von Zwängen kontrolliert werde. Wenn die Menschen einmal in Gedanken sind, vergessen sie manchmal etwas. Bei alten Menschen ist das leicht zu sehen. Wenn sie von ihrem Sitzplatz in der UBahn aufstehen, drehen sie sich noch einmal zum Platz um, um sicher zu gehen, dass da nichts liegen bleibt. Sie denken dann immer: „Wo ist nochmal mein Schlüssel? Habe ich ihn aus den Hosentaschen verloren?"

Der routinierte Wahnsinn geht bei mir weiter. Ich habe dieses Gefühl fast immer, wenn ich den Raum verlasse. Ich denke dann ich habe Seelenteile verloren. Und bevor ich mich irgendwohin setze, muss ich mich immer erst selbst vergewissern, mich auf meinem Platz nach Seelenteilen der anderen Menschen umschauen. Es könnte ja sein, dass eine alte Lady mit den Gedanken in einer anderen Zeit verweilt und etwas von sich liegen gelassen hat. So würde ich mich unbehelligt setzen und einen Teil ihres Wesens, ihrer Seele würde in meinen Körper schweben, mich ergänzen. Dazu habe ich letztens interessante Theorien in einem vergilbten Buch der Universitätsbibliothek gelesen. Dort steht: So war es schon immer mit den Menschen. Entweder sie verlieren ihre Seelenteile oder sie werden unabsichtlich im Alltag ergänzt.

Was natürlich auch möglich ist, von mir aber bis jetzt noch nicht erprobt wurde: Die Möglichkeit des Seelenraubes. Diese Theorie wuselt schon eine ganze Weile in meinem Kopf herum. Seit ich davon gelesen habe, denke ich an nichts anderes. Dazu müsste man aber erst einmal ein menschliches Objekt der Untersuchung für die Wissenschaft ausmachen.

Man bräuchte einen würdigen Kandidaten. Jemanden, der sonst nichts im Leben zu tun hat, jemanden, der nicht vermisst wird. Es muss jemand sein, der noch jung ist und seine Seele noch zum größten Teil besitzt, genauso viel Wert darauf gelegt hat, im Alltag vorsichtig war und auf seine Seele Acht gab.

Ich werde es bald versuchen. Dem Sterbenden im letzten Augenliedschlag tief in die blutenden Augen blicken, den eigenen Mund über den des Todgeweihten legen und seinen letzten Atem aufnehmen. Ich würde es genießen. Soviel steht fest.

So muss man doch die Seele des Menschen einfangen können. Davon steht in den Büchern natürlich nichts. Ich werde es einfach ausprobieren, einen Seelenfang ausprobieren.

Ansonsten sehe ich auch keine Möglichkeit, wohin die Seele gehen könnte. Entweder sie verteilt sich im Laufe des Lebens in der Gegend, bleibt bis ins hohe Alter an der alltäglichen Umgebung kleben oder sie wird brutal aufgesaugt von anderen Lebewesen.

Mittlerweile gibt es über sieben Milliarden Menschen auf dem Planeten und wohl ebenso viele davon haben die Erde schon bewohnt, wohin sollen sonst all diese Seelen von den vielen Menschen? Ich beschäftige mich also mit meinen Seelenteilen – Absterben – Einfang – Methode.

Das erste Mal, dass ich mordete, da war ich noch ein Kind. Es war ein schöner Tag und ich hatte mich schon den gesamten Vormittag über meiner Langeweile hingegeben, als ich irgendwann genug davon hatte. Ich beschloss kurzerhand irgendetwas zu tun und da kam mir dann der Zufall zu Gute. Wer weiß schon was sonst mit meinem Leben passiert wäre, wenn ich nicht zu dieser Sache gekommen wäre?

Aber würde ich mich trotz allem nicht einer ebenso abscheulichen Sache hingezogen fühlen, alleine deshalb, weil ich es immer gerne tue? Ich bin mir da ganz sicher. Wenn es mir hier vergnügen bereitete, warum soll es mir nicht auch in den anderen Wirklichkeitsversuchen Freude bereiten? Alles, was ich hier gerne tue, wird in den Paralleluniversen mit ebenso bestialischer Genauigkeit gemacht und mit Freude. Davon bin ich überzeugt. Früher oder später wird mein anderes Ich auch dem Hochgenuss der Macht verfallen und nie mehr davon runter kommen können. Es ist wie eine Droge.

Draußen in der Mittagssonne, auf einem Stein im Vorgarten sah ich eine kleine Ameisenkolonie. Ich gehe erst einmal auf irgendeinen Kundschafter. Ich hatte nichts Besseres zu tun, als Ameisen mithilfe einer kleinen Lupe und der großen Sonne zu verbrennen. Einmal in meinem Leben wollte ich der Große, der Mächtige, sein. Ich konnte über Leben und Tod entscheiden und habe mir ein Spiel daraus gemacht, welche Ameise ich verbrenne und welche nicht. Schon damals entschied ich aber nicht wahllos.

Ich erinnere mich noch an das große Nachbarkind, das vorbeikam und mir ein schlechtes Gewissen machen wollte. „Hey was machst du denn da? Wie fändest du es, wenn man das mit dir tun würde?" Ich dachte nur: Ich würde es auch mit dir tun, wenn du gerade nicht der Große bist. Aber das Kind hatte mich auf eine Frage gebracht. Eine Frage, die mich mein ganzes Leben hindurch begleiten wird.

Natürlich nahm ich mir nichts davon zu Herzen, gab nur ein kurzes entschuldigendes Grunzen von mir und machte nach dem Verschwinden des Riesen weiter. Dieser Satz aber hatte sich in meinen Gedankengängen festgesetzt und bestand darauf zu bleiben. Ich spielte noch ein bisschen weiter, bis ich von alleine genug davon hatte und ins Haus ging.

Mein nächstes mörderisches Verbrechen verübte ich an ein paar Spinnen im dunklen Keller. Ich quälte und missbrauchte mit Hilfe meine Größe, meine Macht erneut. Ich hockte in einer Ecke des abgedunkelten Wäschekellers und zog dem Arachnoid jedes vorher verkrüppelte Bein einzeln heraus und wenn ich die Schmerzensschreie vernommen hätte, ich wäre noch glücklicher gewesen. Als plötzlich über mir die Mutter auftauchte und keifte: „Was machst du denn da schon wieder? Lass den Unsinn! Komm da weg! Lass die Spinnen in Frieden! Die haben auch Gefühle, wie Menschen! Was würdest du sagen, wenn ich sowas mit dir mache?", war der Spaß vorbei. Sie gab mir Hausarrest und rettete bei den Spinnen, was zu retten war.

Wieso verstehen es die Menschen denn nicht? Wenn man mich immer wieder auf eine Sache stößt und meint: „Das darfst du nicht." - Dann tue ich es glatt erneut. Wieder. Immer wieder. Mit einer Stärke und Intensität, die das vorher Erlebte hundertfach übertrifft.

Und die Frage: „Was würdest du sagen, wenn man sowas mit dir macht?" beschäftigte mich ab dem Zeitpunkt der ersten Erwähnung mein Leben lang. Genauso war es mit der beiläufigen Bemerkung meiner Mutter: „Die haben auch Gefühle, wie Menschen!" Das ließ mich ebenfalls nicht los. Was wäre, wenn Menschen leiden? Wenn ich Menschen leiden lassen kann?

Meine aktuelle Aufgabe, dieses mehlsackschwere Vergehen auf meinen Schultern, versuche ich jetzt zu erklären, zu ertragen irgendwo in mir drin. Ein anderes Leben ist ja auch schwer. Ich versuche mit der zusätzlichen Last mein Leben zu meistern. Natürlich, und da bin ich mir sicher, musste es für diese göttliche Aufgabe heißen: Alles auf Anfang!

Ich habe es mir schon oft ausgemalt mit bunten Spekulationen und schwarzweiß Grafiken, alles auf Anfang zu stellen mit Vorurteilen, vorgefassten Meinungen, Ansichten und Weltanschauungen. Tabula Rasa oder eine wunderbare Katharsis. Nur so kann man die wahre, grundlegende Tatsache über die seelische Verarbeitung mit dem schweren Verbrechen herausfinden.

Es wird für die Aufgabe alles vergessen, was bisher im Leben gezählt hat. Ich werde nun eine einzigartige Ausnahme und leere meinen Kopf wie zu einem physikalischen Versuch für die Laufzeit des Experiments. Natürlich werde ich nie wieder das Experimentelle verlassen können, werde nun für immer in diesem Zustand bleiben müssen, aber das nehme ich hin. Ich war sowieso nie ein richtiges Mitglied dieser Gesellschaft. Ich bin nicht den Regeln der Gesellschaft unterworfen, ich bin schließlich auserkoren.

Ich erzeuge ein Vakuum, damit die Testergebnisse stets unter den gleichen Bedingungen zu überprüfen sind. Das ist wichtig, so etwas nennt man wissenschaftliches Arbeiten. Und natürlich Protokoll führen. Das tue ich ja gerade. Ich merke mir jede Einzelheit, um es bald, wenn ich mal Zeit dafür finde, aufzuschreiben. Da ich gerade niemanden habe zum sprechen, schreibe ich alles auf. Notieren für die Wissenschaft, das werde ich dann bald tun.

Am nächsten Morgen nach dem Mord, nach der Flucht in der Kanalisation dachte ich:

Erst einmal muss ich wieder zurück in meine Wohnung. Nur dort bin ich jetzt sicher. Doch zuerst: Wo ist denn hier der Ausgang? Ich erinnere mich nur noch verschwommen an die Verfolgungsjagd mit der Polizei, die Flucht in die Abwassersysteme und dann das hektische Herumrennen durch viele Gangsysteme, woran ich mich aber genau erinnere, das ist die scheußliche Tat. Meine Erleuchtung zum Übermenschen.

Diese Erleuchtung, diese Tat werde ich wohl nie vergessen können. Ich spüre den kalten Spatenstich so hart im Nacken wie meinen eigenen Schmerz beim Gedanken daran. Wir liefen durch die dunkle Gasse und meine Handbewegung war schnell und tödlich, eine Bauarbeiterschaufel gegriffen und mit schnelleren Schritten als vorher habe ich mich dem ahnungslosen Opfer genähert. Er ahnte nichts, bis es zu spät war.

Ich ahnte es auch nicht. Meine Gedanken waren nur langsam, meine Bewegungen hingegen gekonnt schnell: Schaufel, dunkle Gasse, Typ vor mir, alles zusammengenommen gleich Mord. Ich bin so sauer auf mich, weil ich in diesem Moment sauer auf den Fremden war. Ich wollte doch alles genau vorbereiten. Die Gefühle eigentlich außen vor lassen.

Ich wollte es bis ins kleinste Detail planen, von der Wahl des optimalen Opfers bis hin zum Zeitpunkt und Ort. Die üblichen Fakten halt. Eine Jury würde es als brutalen Mord klassifizieren, sollte ich jetzt doch gefasst werden. Ich darf aber nicht gefasst werden. Es sollte ein perfekter Mord werden. Schließlich, was habe ich schon für ein Motiv diesem armen Menschen nach dem Leben zu trachten?

Keines, deshalb war diese Idee ja auch von Beginn an so genial. Sie würden niemals auf meine Person kommen. Und mit der perfekten Planung hätte ich auch keine Indizien hinterlassen, die mich in diese Szene hineinziehen. Ich habe es beinahe versaut. Nein, ich habe es nicht vermasselt. Ich habe mich hineingearbeitet, mit dem plötzlichen Zuschlagen habe ich mich auch gleich schon der Öffentlichkeit gezeigt als Held. Wie sonst sollten sie auf mich kommen, mich feiern?

Nun musste ein Fremder sterben, von dem ich noch nichts wusste, außer, dass er durch einen Schaufelschlag in den Nacken sterben kann wie eine miese Straßenkatze. Ich denke gerade an die Nachbarskatze, die von einem Tag auf den anderen verschwunden war und muss grinsen.

Ich muss meinen tristen Alltag mit dem Mord in Einklang bringen. Nur so kann ich ja beweisen, dass es möglich ist im Leben ein Mord zu begehen und ohne schwerwiegende Folgen für mein Leben weiter zu leben. Jedenfalls wäre dies das beste Ergebnis.

Hätten sie mich gesehen; sie hätten mich für verrückt gehalten mit meinen schnellen Schritten und schwerem Mantel aus dem hohen Norden, als ich die Kanalisation verließ. Es war finsterste Nacht, alles still und, wie ich finde, dem teuflischen Moment entsprechend.

Der Teufel selbst muss mir gut gesonnen sein, dass mich niemand erblickte mit der blutigen Kleidung und dem miefigen Geruch von

Abwasser. Sie hätten mich doch direkt erkannt als jemanden, der Menschen nach dem Leben trachtet.

Ich war keinen Fuß in der Diele und schon wurde ich von der Mutter des Hauses begrüßt. Es war kein freundlicher Empfang, denn mit Bedauern musste ich feststellen, dass die alte Dame gereizt war wie ein Muslim während des Fastens. Mittlerweile müsste sich die strenge Verwalterin des Haushaltes an meine nächtlichen Stadtrundgänge durch die Bars und Pubs gewöhnt haben, dachte ich, aber weit gefehlt.

„Wo warst du so lange? Ich habe mir solche Sorgen gemacht, dass ich beinahe die Polizei informiert hätte. Du hättest doch schon gestern eintreffen müssen. Und wie siehst du eigentlich wieder aus? Total zerzaust und dieser Geruch! Du stinkst wie eine dieser öffentlichen Toiletten und siehst aus, als hättest du ein Menschenleben auf dem Gewissen.

Weißt du eigentlich, welche Sorgen ich mir wegen dir gemacht habe? Was hätte ich denn morgen den Gästen erzählt, dass du nicht da bist? Jetzt wasch dich erst einmal und leg dich schlafen. Sei aber leise! Weißt du eigentlich, was in der Stadt für Gerüchte kursieren? Du hast mir ja solche Sorgen bereitet. Es soll eine Todesserie gegeben haben. Weißt du nichts von dem kranken Mörder im schweren Mantel? Er soll durch die Gassen streifen, soll angeblich ein Geist der Nacht sein. Gott sei Dank, du bist ja jetzt da. Ich habe Frau Landmesser noch heute Morgen am Gartenzaun gesagt: Mein Junge ist vernünftig. Er kommt schon noch heim. Gott sei Dank, du bist ja jetzt wieder da.

Ich wecke dich dann morgen in aller Frühe damit du die restlichen Dinge erledigen kannst. Oder hast du noch Hunger? Soll ich für dich decken? Aber geh dich erst einmal waschen, so kommst du mir nicht an den Tisch, damit das klar ist."

Es ist ein Gutes, dass die Mutter viel weniger auf eine Antwort wartet als auf eine Tat von mir. Ich, der diese Szenen schon so oft erlebt habe, sagte nichts und ging den Blick weiterhin gegen den Boden gesenkt in den Waschraum. Was mich ein wenig verwunderte war, dass sie für wenige Minuten vor der Tür auf und ab ging. Hatte sie etwas geahnt? Lag ihr etwas in Bezug auf meine gestrigen Erlebnisse auf der Seele, die sie mir an den Kopf werfen will? Oder wusste sie wahrscheinlich sogar, dass ich ihr etwas gestehen müsse? Etwas Unmögliches? Unmöglich. Sie weiß nichts.

Und mit diesen Fragen endete mein Wahn. Mein aufgeschwemmtes Gewissen mit Angst entdeckt zu werden, die üblichen Schuldgefühle und Versagensangst waren der krönende Abschluss. Stattdessen tue ich das, was getan werden muss. Ich wasche mir die Beweise aus dem Gesicht, dass das Waschbecken klebrig rot roch.

Über die endgültige Meisterverbrecherentsorgung der Kleidung und alle dem, den eindeutigen Beweismaterialien hatte ich mir noch keine Gedanken gemacht.

Ich stand nackt vor dem Spiegel, als die ersten Gedanken in dieser Richtung aufkamen. Wohin damit jetzt? Wegwerfen? Verbrennen gar? In die Wäsche geben, damit Mutter darin herumschnüffeln kann? Nein, danke. Ich verfluchte mich an Ort und Stelle für mein vorschnelles Handeln. Ich wollte doch alles so genau wie möglich planen! Nun steh ich hier und weiß nicht wohin damit!

Bei der Entsorgung der beweislastigen Kleidung nicht gesehen zu werden, darauf kann ich jetzt nicht mehr hoffen. Ich hätte Ersatzkleidung einpacken müssen. Die Tatortkleidung unterwegs entsorgen. Sowieso hat sie mich jetzt darin die Türschwelle betreten lassen, sie würde sich wundern und danach suchen, solange würde sie keine Ruhe geben. Ach, verflixt!

Hätte ich mich da gestern nur mehr im Griff gehabt! Es ist wirklich verhext, als saß der Teufel selbst mir im Ohr und flüstert über Mord und Todschlag. Ich habe auch noch aufgeregt gelauscht und hing ihm gehörig an den feurigen Lippen.

Nachdem ich mich bettfertig angekleidet hatte, ging ich raus vor die Tür wo eine angespannte Mutter mit sorgenvollem Blick stand. Ihre Augen sagten mir: „Ich will doch nur Gutes für dich." Ich ließ die Kleidung im Waschraum. Soll sie doch alles finden. Soll sie die Trophäen meiner nächtlichen Arbeit bewundern und erschrecken, was für einen Sohn sie hat.

„Ich war trinken", murmelte ich, warf ihr noch ein Gute Nacht vor die Füße und weiter: „Ich gehe schlafen." Doch ich log. Die ganze Nacht über werde ich kein Auge zutun können. Mutter stand ein paar Augenblicke wortlos da, dann ging sie ins Bad und räumte mit Fluchen hinter mir her. Ich hörte sie noch durch das ganze Haus. „Was hast du überhaupt mit deiner Kleidung gemacht? Wie sieht die denn aus? Die kriege ich nie wieder sauber. Die muss ich wohl wegwerfen! Find ich nicht gut. Komm wieder her und sieh dir diese Sauerrei an! Deine Hose kann man nicht einmal mehr spenden, die will ja so keiner mehr haben. Und dabei war das so eine schöne Hose. Eine deiner besten. Find ich nicht gut. Und dein Mantel erst! Was soll ich damit bloß machen, damit die Kleider sauber werden? Für was hältst du mich eigentlich? Bin ich deine Putzfrau? So eine Schweinerei! Das mache ich nicht wieder sauber! Du kannst dir eine neue Hose kaufen, von deinem Geld! Komm runter und schau dir diese Sauerrei einmal an!"

Und die ganze Nacht über werde ich sie schimpfen und putzen hören, bis das Bad und meine Kleidung wieder sauber und rein sein werden.

Nach diesem Abenteuer fühlt sich die Bettdecke an wie eine nasse Zunge. Als wäre sie eifersüchtig auf mich. Ich hasse sie. Sie stört und engt mich. Alles scheint nur lästig und überflüssig. Ich liege schweißgebadet im Bett. Die fragenden Gesichter und das dumme Gelächter der letzten Jahre tun mir in den rot unterlaufenen Augen weh. Wehe mir, sie erwischen mich und blicken hinter diese roten

Augen, unter meinen schweren Mantel in meine Mörderseele. Weil sie nicht zwischen den Welten unterscheiden können, weil sie keinen Kontakt haben zu meiner Welt, greifen sie intuitiv zu Messer und Gabel, wollen auch mich, den Wissenschaftler der Seele, tot sehen. Sie werden meine Aufgabe nie verstehen! Sie wollen mich verurteilen! Ich weiß doch wie so etwas ablaufen wird. Einer von uns tritt aus der Reihe und gleich wird er als Vaterlandsverräter an der heiligen Sache gehängt. So will ich nicht enden.

Wer der Mann wohl war? Ich drehte ihn nach dem tödlichen Schlag auf den Rücken, schaute in seine Augen, legte meinen Mund über seinen Mund und achtete darauf die Seele einzufangen. Dann griff ich mir sein Geldbeutel mit Lichtbildausweis und Führerschein, die üblichen Papiere und mehr Zeit hatte ich auch nicht. Dann hörte ich schon die Polizistenstimmen. Um an seine Papiere zu gelangen, musste ich den noch warmen Menschen ein wenig hochheben, ein wenig anwinkeln und bloß nicht fallen lassen. Ich bin schließlich kein Monster. „Halt!", haben sie geschrien. „Sie da! Halt! Stehen bleiben." Ich wollte mich von ihm würdevoll verabschieden. Schließlich ist er ein Mensch gewesen. Und beim vorsichtigen Absetzen seines Kopfes auf den nassen Asphalt griff ich versehentlich in seinen Nacken und mir ging ein Schauer durch den Körper. Ich blickte auf und sah die Polizei. Riefen: „Mörder!" hinterher, als ich floh. Jetzt liege ich in meinem Bett und könnte gut und gerne Schlaf für zwei gebrauchen, tue aber kein Auge zu. Ich gehe den Prozess immer wieder durch. Schlussendlich werde ich kein Auge zutun und morgen übermüdet in den Tag starten.

Der nächste Morgen war grausam. Ich höre wieder viele Stimmen, das viele Geschrei und Getrampel und wusste, ich habe einen schrecklichen Morgen vor mir. Das Haus erwachte. Gäste waren bei uns zu Besuch und das Haus litt unter den vielen Menschen. Ich hörte wie es knarrte und ächzte. Meine Cousins und Cousinen waren in der Stadt, die Großeltern und sowieso jede Art von Tante und Onkel, weil sie mal wieder ein Fest zu feiern hatten.

Natürlich hatte ich die Befürchtung, man hat mich in meinem jugendlichen Leichtsinn ertappt und die Polizei treibt ihr Unwesen im Hausinnern, verfolgt durch die ständigen Schritte und Sorgen meiner geliebten Mutter, die ständige Fragerei: „Was er denn angestellt hat? Was wollen sie denn hier? Er ist ein braver Junge! Oh Gott, wäre ich doch strenger mit ihm gewesen. Ist es wegen der nächtlichen Trinkgelage? Ich sage ihm immer wieder, trink nicht so viel. Schuldet er wem Geld?"

Aber ich wusste ebenso, dass meine Cousins und Cousinen in der Stadt waren und mich wie immer aus Freude weckten. Sie würden jeden Moment hereinstürmen und auf mein Bett springen. So kam es dann auch.

Bei Tisch durfte ich die ganze Familie in voller Blüte ertragen. Schrecklich wie der Tisch ächzt vor lauter Speisen. „Seit wann trägst du denn gegelte Haare?", fragte mich noch mein Cousin mit vollem Mund. Ich weiß darauf keine Antwort und nippe an meinem Morgenkaffee.

Ich blicke in die schmatzenden Schnauzen meiner Verwandten und mir wird übel. Sie schlürfen den Morgenkaffee zwischen ihren provinzverfärbten Zähnen hindurch wie Andere die kalte Morgenluft und stoßen auf, fressen mit offenen Mündern und mit Futterneid, dass man meinen könne alle sind verhungert bis auf die Knochen. So ein Verhalten ist nur noch durch die Schweine im Stall zu übertreffen.

Nach dem Essen gibt es wieder Schnaps für die Alten und Apfelsaft für die Jüngeren, Bier für die Männer und Sekt mit Orangensaft für die Frauen. Es ist früh am Morgen, aber man hat für ein paar Tage sowieso nichts weiter zu tun. Nach leeren Gläsern wird nachgekippt und irgendwann fangen sie wieder an in der Vergangenheit zu graben. Dann werden wieder die Familiengeschichten herausgeholt, die für mindestens ein Familienmitglied am Tisch peinlich sind und der Rest darf ausgelassen lachen wie das versoffene Publikum im Kolloseum.

Die Oma hätte genauso gut so anfangen können: Bei der Geburt unseres kleinen Mörders war eigentlich alles noch gut, noch ordentlich. Sowohl in seinem Denken wie auch in seinem Verständnis für alles Soziale, wenn man davon ausgeht, dass kleine Babys schon ein Grundverständnis von den Dingen haben, die wir brauchen, um als Gesellschaft zusammen zu leben.

„Oh, das Foto habe ich von unserem kleinen Tommy gemacht. Das war doch kurz nach dem Blitzeinschlag. Da hast du doch …", und weiter musste die Oma nicht erzählen. Es hagelte ein Fragenkatalog durch alle Anwesenden, die damit so wenig zu tun hatten wie der Kinderwagen auf dem vergilbten Foto. Nur eine Frage beantworte sie: „Was ist passiert?" Der nun erwachsene Tommy fragte gerade heraus und brachte damit alle Anderen zum Schweigen.

„Nun.", meinte die Oma und erzählte die Geschichte dann in etwa so: „Ich beginne am besten von vorne." Sie begann zu reden und schaute dabei in Richtung ihrer Tochter, der Mutter unseres Mörders.

„Wisst ihr noch, wie ich auf den kleinen Raufbold aufpassen sollte? In den zwei Monaten, in denen ihr in den Urlaub ward und ihn bei uns abgeladen habt? Opa und ich waren uns im Klaren, darüber zu schweigen, schließlich war nach ein paar Tagen wieder alles ok mit ihm. Er war ja sowieso immer sehr aktiv gewesen, beinahe nicht zu bändigen.

Bei einem Gewitter, irgendwann in den ersten Tagen seines Aufenthalts bei uns, spielte er draußen auf unserem Feld hinter dem Garten und ich sagte ihm noch, pass auf das Wetter auf! Es soll

Gewittern! Ich sagte ihm noch: Komm ins Haus, da bist du sicher. Aber der kleine Racker hörte ja nicht." Jaja. Gewitter. Dachte sich Tommy noch.

Von mehreren empörten Zwischenfragen ihrer Tochter unterbrochen, stoppte sie kurz, nippte unbeeindruckt an ihrem Sektglas und berichtete einfach weiter, nachdem sie nach Ruhe verlangt hatte, in der Annahme die Fragen werden wohl geklärt, wenn sie einfach weitererzählt:

„… wie gesagt, Gewitter. Ich sagte ihm noch: Geh nicht während des Gewitters nach draußen. Außerdem hatte ich gerade im Keller zu tun und wenig Zeit, ihn immer im Auge zu behalten, Opa war unterdessen in der Badewanne. Diese Gelegenheit nutze der Kleine wohl, um auf das Feld zu rennen und Hasen zu jagen. Als ich es Donnern hörte, war es beinahe schon zu spät.

Ich schaute über meine Schulter in den Kellerbereich, wo er noch vor wenigen Minuten mit einem Kartenspiel gespielt hatte, und da lagen nur noch die Karten, nicht aber der Junge.

Als ich ihn fand, war es schon zu spät. Der Blitz hatte ihn getroffen und so lag er da. Ich rannte natürlich sofort mit ihm auf dem Arm ins Haus und rief den Doktor. Aber als er ankam, war der Kleine schon wieder wach, stand aber wackelig auf seinen kleinen Beinchen. Dr. Gebeknecht gab die Anweisung, ihn für ein paar Tage zu schonen und so steckte ich ihn in deinen alten Kinderwagen. Es war ein Wunder, meinte der Doktor. Nicht mal Verbrennungen." Alle waren ruhig. Tommy dachte noch: Kinderwagen. Aha. Interessant. Dr. Gebeknecht? Alles kam ihm seltsam unbekannt vor.

„Das wusste ich ja gar nicht mehr, daran kann ich mich nicht mehr erinnern.", kam der Betroffene zu Wort. Dann seine stets besorgte Mutter: „Und das hast du mir einfach so verschwiegen? Wieso hast du es nicht erzählt? So nebenbei eingeflochten: Und wie war euer Urlaub? Achja, kein Grund zur Aufregung, aber euer kleine

Sonnenschein ist zwischenzeitlich vom Blitz getroffen worden."
„Wir wollten euch nicht damit belasten. Ich meine, ich bin die ersten zwei Wochen danach noch mit ihm im Kinderwagen umhergefahren, dann konnte er wieder gehen. Dr. Gebeknecht sagte, alles sei in Ordnung. – Und stimmt deshalb etwas nicht mit dir?", wollte die Oma von ihrem mörderischen Enkel wissen.
„Naja", gab er zurück: „Daran kann ich mich gar nicht erinnern. Ein Blitzschlag, sagst du? Aha.", erwiderte er stattdessen ausweichend und ließ sich entschuldigen, stand vom Tisch auf und ging in sein Zimmer, um über alles nachzudenken.

Mein bisheriges Leben ist also eine reine Täuschung. Es fing im Kindergarten an, bei märchenhaften Geschichten über irgendwelche Spielgefährten von mir, weil ich dachte Kinder erzählen so etwas.
Ich erzählte zu Hause, heute habe ich wieder mit einem Stierbock gespielt. Heute habe ich eine Sandburg gebaut und Dirk hat mir dabei geholfen. Es gab keinen Dirk.
In Wirklichkeit hatte ich nie Freunde in meiner Kindheit. Und jetzt weiß ich auch, warum ich keine Freunde hatte. Ich war ein Ausgestoßener! Ich wurde vom Blitz getroffen und erleuchtet. Ich konnte nichts mit Gleichaltrigen anfangen. Ich verstand sie nicht, weil ich anders bin. An die Erwachsenen konnte ich mich dabei aber auch nicht lange halten. Die waren für mich nur große Wesen, die alles am Laufen hielten. Die, die den Tisch vorbreiteten und dich zudeckten, dir Sachen erzählten und Dinge verbaten. So blieb ich die meiste Zeit alleine.
Zum Beispiel schlug das eine Kind dem Anderen mit einer Schaufel ins Gesicht, dann heulte der Geschlagene, und drei Minuten später, nachdem man sich entschuldigte, machten sie wieder etwas zusammen, sagen wir, mit Bauklötzen. Das ist doch gegen jede Natur. Ich habe immer solange zurück gehauen bis die großen

Wesen kamen und es mir streng verbaten. Habe mich aber nie dafür entschuldigt.

Zu Hause freute man sich über meine erfundenen Geschichten. Also blieb ich fortwährend dabei. Dass es ein zwischenmenschliches, nicht festgeschriebenes Gesetz gab, welches die Lüge verbot, war mir bis dahin nicht bekannt. Ich war ja ein Kind und wusste es nicht anders. So blieb ich also dabei und nahm es in mir auf wie eine Alltäglichkeit. Für mich war es nichts Schlimmes. Schließlich, wenn man es nun vom heutigen Standpunkt aus betrachtet, baut mein ganzes Weltbild auf einer Lüge auf. Selbst meine Oma sagte meiner Mutter nicht was mit mir passiert war.

Als Kind hatte ich überdies immer Angst vor der Dunkelheit. Die böse Dunkelheit lauert in der Tiefe, das lernte ich schon früh. Schließlich war der große böse Teufel im Keller unseres Hauses, in der Dunkelheit hörte man es knacken und poltern. Man musste Angst haben, die Geräusche kommen näher, bis in dein Zimmer hinein, unter den Türschlitz hindurch und unter deine Bettdecke. Dort unten in den feuchten Kellerräumen befindet sich das Herz des Hauses, dort unten lebt der Teufel und treibt sein Unwesen. Noch heute gehe ich ungern in die Kellerräume zur Heizungsanlage.

Jetzt stelle ich mir aber vor, wie ist es nach dem Tod? Gibt es für die Intelligenz des Menschen, für sein Wesen auch einen dunklen Raum, eine Box vielleicht, die die Seele zurückhält, gefangen hält? Und was passiert, wenn man die Seele eines anderen aufsaugt wie ich es zum Beispiel mit der Seele des armen Mannes getan habe?

Es gibt schließlich eine Seelenwelt, die sich in unserer offensichtlichen Alltäglichkeit versteckt. Uns wird nur leider viel zu oft der offizielle, leugnende Blick aufgezwungen, der es unmöglich macht diese Welt zu finden in unserem eigenen Wesen. Als ich einmal keine lustigen Kindergartengeschichten mehr parat hatte, erzählte ich am Esstisch meiner Eltern vom Teufel und seinem warmen Operationsort: unserem Heizungskeller.

Ich erinnere mich noch: Wie schnell mir meine geliebte Mama diese seltsam klingende Geschichte ausreden wollte. Man könnte beinahe glauben der Teufel lebt wirklich in unserem Heizungskeller, so sehr hat sie versucht mich vom Gegenteil zu überzeugen. Auch hier hat sie einen fundamentalen Fehler gemacht. Je mehr man mich von einer Idee abbringen will, desto mehr gehe ich darauf zu.

Irgendwie habe ich dann aber doch die Kindheit und all die Teufelsgeschichten aus dem Kindergarten und den ersten Schultagen überstanden und mich in die Pubertät gestürzt. In dieser Zeit geht es den meisten Jungs nur um das entscheidende Ding. Sie erkunden ihren Körper und sollten sie ihn restlos erkannt haben, geht es darum so schnell wie möglich in die Hose der Mädchen zu kommen. So konnte ich es doch immer vom Rande des Geschehens beobachten, wenn ich mal wieder auf dem Schulhof einen Käfer zwischen meinen Fingerspitzen zerquetschte, machten die anderen Jungen und Mädchen Fangenspiele, um sich näher zu kommen.
Ich war damals beinahe bereit, ein normales Leben anzusteuern. Es wurde verhindert und darüber kann ich jetzt nur froh sein. Ich habe damals viel zu viel Zeit damit verbracht sie zu beobachten. Sie hatte diese sonnige Ausstrahlung, die jeden in der Klasse ansprach.
Ihre großen Augen waren stets ins Leere gerichtet, träumerisch. Ihr schmales Gesicht wurde von einem aderdurchzogenen Hals getragen, die jede Bewegung nach außen hin bläulich verzaubert zeigte. Wenn sie nervös war oder aufgeregt, wippte sie mit einem Fuß im Takt oder spielte mit einem Stift zwischen ihren knochigen Fingern.

Oft hatte sie es morgens eilig gehabt, hat ihre dunklen Haare zu einem strengen Dudd zusammengebunden, was modisch gegenläufig zu ihren stets sommerlichen Kleidern stand. Im Sommer trug sie diese Blümchenkleider, die weit geschnitten Luft zulassen und doch Figur betont sind, im Winter hatte sie meistens dezentere Farben, eine Strickjacke über die Schultern und dicke Strümpfe mit Stiefeln zum Kleid. Es kam mir so vor, gerade weil sie keine großen Gedanken über ihr Aussehen verlor, war sie so beliebt.

Sie stand mit beiden Beinen im Leben. Ihre zarte Stimme ließ mich immer beben. Ich liebte sie nicht, ich stellte es mir nur vor. Ich dachte: „Wie wird es mit ihr?" Nie dachte ich: „Sie mag mich nicht." So war es aber.

Ich erinnere mich noch, wie ich wieder einmal daneben saß und unentdeckt einen Käfer zwischen meinen Fingerspitzen quälte, als sie während des Fangenspielens neben mir Platz nahm und fragte: „Spielst du gar nicht mit?" Da waren wir vierzehn oder zwölf. Ich lehnte mich zurück, stützte mich auch auf der Bank ab wie sie, sodass unsere Hände nebeneinander lagen, aber sie sah damit besser aus. Mit rausgestreckter Brust, flachem Bauch, überstrecktem Nacken und Kopf träumerisch zum Himmel, fragte sie mich wieder: „Sag mal, spielst du gar nicht mit? Spielst du überhaupt?"

Es war wirklich passiert. Wir redeten. Sie redete und ich schüttelte den Kopf. Dann beugten wir uns vor, ich hob zurückhaltend einen neuen Käfer auf, so wie immer und sie schaute mich an, wollte mich wohl zum Mitspielen anregen, sah aber den Käfer und meine maschinelle Tötung und erschrak: „Was machst du denn da mit dem Käfer?" Ich wirke irritiert: „Was? Ach so, das. Ich töte ihn." Sie stand blitzartig auf, fragte angeekelt weiter: „Warum?"

Darauf hatte ich keine Antwort und schaute nur rauf zu ihr. Warum? Weil man es doch so machen muss. Der Körper eines Käfers gliedert sich, wie bei allen Insekten, in drei Bereiche: Dem Kopf, der Brust und dem Hinterleib.

Diese Segmente haben in sich dann wieder noch viele Abschnitte, die ich mehr oder weniger gut erkennen kann. Das Außenskelett eines Käfers ist meist stark verhärtet und besteht über dem Thorax aus rückgebildeten Flügeln, den Flügeldecken die nicht mehr zum Fliegen benötigt werden. Die Flügeldecken übernehmen nur noch eine Schutzfunktion, die die empfindlichen Flügel und den Thorax vor Beschädigungen abschirmen. Da setze ich immer an und ziehe zuerst die rückgebildeten Flügel ab, dann die Flügel. Den Rest zerquetsche ich zwischen meinen Fingern. Ich tat es, weil ich das Mädchen ja nicht zu fassen bekam. Sie war größer, stärker als ich.

Sie ging ohne weitere Worte zu verschwenden zurück zu ihren Freunden, erwähnte nichts. Danach konnte ich sie nicht mehr ansehen, weil sie mich immerzu anschaute, um wohl aus mir schlau zu werden. Das nervte. Jetzt kann ich nur froh sein. Es wäre etwas gewesen, das zwischen mir und meiner Aufgabe gestanden hätte.

Beschränkt sich das Leben nur auf diese Dinge? Oder gibt es mehr?

Ich habe den Auftrag angenommen, einen Menschen getötet. Jetzt heißt es nur noch: Wie bringe ich diesen Auftrag zu Ende? Wie vereinbare ich meine Aufgabe mit dem alltäglichen Leben?

Ich sollte mich fragen: Was unterscheidet mich seit meiner Erleuchtung von Anderen? Auf diesen Aspekt sollte ich mich konzentrieren. Nicht die Tatsache, was die Menschen am Leben haben, sondern was ich jetzt nicht mehr habe durch den Mord. Wie sehr ich mich jetzt von den normalen Menschen unterscheide. Andere sind doch auch nur Haut und Knochen. Zu so viel unterscheiden wir uns gar nicht. Jeder hat Haare und zwei Augen, Ohren und Arme.

Jedenfalls im üblichen Prinzip, irgendwer muss natürlich aus der Reihe tanzen mit nur einem Arm oder ohne Augen. Es gibt keine

Regel ohne Ausnahme. Sie gleichen sich doch in so unverwechselbarer Sache wie bei der Anzahl der Arme und Beine, der Augenanzahl und der Position der Nase im Gesicht. Aber: Was macht den Menschen an sich besonders? Und: Bin ich noch zu vergleichen mit den Menschen?

Ich bleibe in letzter Zeit bei seinem Gesicht hängen. Gerade stehe ich wieder vor dem Spiegel und blicke in ein fremdes Gesicht. Das Gesicht ist doch etwas, was man täglich im Spiegel erblickt, doch irgendeine Kleinigkeit stimmt mit meinem Spiegelbild nicht mehr. Wenn ich mich im Spiegel betrachte, wirkt alles so fremd und fern. Es ist nicht mehr mein Gesicht. Ist es das Gesicht des Opfers? Der Kopf im Spiegel hat hochgegeltes Haar, eine dicke Nase. Es ist nicht das Gesicht des Opfers, denn das Opfer hatte eine andere Nase.

Das Gesicht im Allgemeinen ist doch immer so eine Sache, alleine schon die Mimik. Es ist schwer die Einzelheiten zu zeichnen, auf dem Zeichenblatt wiederzugeben. Die Verhältnisse stimmen nie. Jedes Einzelne davon ist ein Schwerpunkt, jedes Einzelne, ob es die Gesichtsform, der wohlgeformte Mund und die vollen Lippen bei einer Frau, die sinnlichen Augen und die Stupsnase, die Lachfalten, einfach jedes verdammte Detail steht für sich, ist magisch. Ein Gesicht wirkt gezeichnet auch erst dann gelungen, wenn diese Details zueinander passen.

Es wirkt verstörend, wenn die Verhältnisse nicht stimmen. Diese Schwerpunkte machen unser Gesicht zu unserem eigenen Gesicht. Niemand sonst kann unsere Einzigartigkeit in der gleichen Form vorweisen, jedes Gesicht ist einzigartig. Daran erkennen wir uns. Wenn wir uns nicht mehr erkennen, sind wir fremd und verwirrt. Ich blicke gerade in den Spiegel und schrecke zurück. Ich kenne das Gesicht, es ist aber nicht meins. Nur woher kenne ich es?

Ich renne zurück in mein Zimmer, um dem Spiegelbild zu entkommen, krame in meinen Sachen, suche einige Sachen heraus. Mir bleibt schon lange die Wirklichkeit fern und nur das Bild des Opfers scheint mich zurückholen zu können. Ich erwische mich am Abend oft dabei, stundenlang das Passfoto zu begutachten. Wenn ich in den Abendstunden mit meinen Gedanken alleine im Bett liege und sein Foto dabei betrachte, denke ich oft darüber nach, wer oder was dieser Mensch war, der mir unverschuldet auf dem Gewissen liegt.

Am Abend des Mordes trug er ein weißes Hemd, das schlaff an seinem schwachen Körper herunterhing wie eine voll behangene Wäscheleine. Sein hochgegeltes Haar in Igelform wirkte bedrohlich, sein Schritt war schwankend, stolpernd.

Ich hatte das Gefühl, irgendetwas stört ihn. Sein Schritt war nicht rund. Wenn irgendwelche Türkenjungs in der Nähe wären, die hätten bestimmt wieder einige Sprüche drauf: „Hey du Spast! Gestern wohl einen reingesteckt bekommen, was?"

Aus irgendeinem Grund nahm ich sein Portmonee an mich und nahm dessen Inhalt. Ein bisschen Geld und seine Ausweise. Das Geld ließ ich irgendwo liegen. Die Fotos auf den Ausweisbildern unterscheiden sich extrem, einmal lange grüne Haare auf seinem Führerschein und auf dem Neuesten Passfoto war er auch mit der Frisur, die sich in meinen Kopf eingehämmert hat.

Ich schaue mir oft seine Bilder an, nur um mich zu vergewissern, es war kein Jungenstreich, keine Einbildung sondern Wirklichkeit. Ich habe wirklich einen Menschen auf dem Gewissen und diese eine Grenze überschritten, die ein normaler Mensch nicht überschreiten würde. Dann wird mir mit einem Male klar, ich habe einen Menschen auf dem Gewissen und diese Tatsache ist meine Schuld. Das ist ein gutes Gefühl.

Ich stehe wieder vor dem Spiegel, mit dem Passfoto in der Hand und erinnere mich an das gute Gefühl des Mordens. Ich bin wieder in der Wirklichkeit angelangt. Deshalb gehe ich zurück in mein Zimmer, um die Unterlagen, die die ganze Zeit gut versteckt unter dem Bett liegen und keinen Staub ansammeln, zurückzulegen, um mir später die Fotos noch einmal anzuschauen.

Dennoch stehe ich vor dem Problem: Wer war dieser Mann? Was für ein Leben hat er geführt? Wird er von irgendwem vermisst? Fragen sie mal einen Toten wie er heißt, er wird nicht antworten könne. Ich kann nur sein Andenken aufrechterhalten, indem ich mir seine Fotos anschaue. Die Fotos, die Unterlagen, all das sind meine Beweise: ich habe gemordet.

Manchmal erinnere mich stückchenweise an den Blitz. An seine pure Energie. Seit ich davon weiß, träume ich. An die natürliche Kraft, die durch mich hindurch ging, erinnere ich mich. Davon träume ich. Blitze wie göttliche Zeigefinger waren am stürmischen Himmel. Einer dieser gewaltigen Energiesäulen traf mich und ich überlebte es. Ich sah den Blitz, in Sekundenschnelle schoss er vom Himmel herab, durchfuhr meinen Körper und ich fiel in mich zusammen.

Die Kraft des Blitzes verdrängte meine Seelenkraft. Es war, als würde sich meine Seele vom Körper lösen, als würde ich sie ausatmen in einem letzten Atemzug. Ich lag flach auf dem Feldboden und sah meine Seele wie meinen Atem davonfliegen. Aber im selben Moment atmete ich ein, wie ein Wunder blieb meine Seele bei mir. Dann versagt meine Erinnerung.

Das alleine war schon ein Wunder. Jetzt verlange ich mehr. Ich will es genauer wissen. Zum Beispiel: was danach passierte. Daran habe ich nämlich keine Erinnerungen. Die einzige Person, die davon Ahnung hat, ist vor ein paar Tagen wieder abgereist, aber das heißt ja nicht, dass ich hier unwissend zurück bleiben muss. Ich reise ihr hinterher in ihr wenige Kilometer entferntes Dorf und frage sie einfach. Natürlich mit einer vorher eingeholten Einladung und Beurlaubung durch den Bäckereivater. „Wenn es sein muss. Aber am Montag bist du wieder da. Ich kann im Bäckerladen nicht auf dich verzichten." Ich nickte und packte meine Koffer.

„Oma, erzähl mal. Was ist danach passiert?" Sie beginnt wieder zu glühen, ihre Augen verlieren den Schleier des grauen Stars und leuchten bläulich allwissend: „Nun. Du hast ein bisschen wie nach verkohltem Fleisch gerochen. Daran erinnere ich mich noch."

Ich sitze in Omas Küche und wir essen Kuchen. Mir gefällt die Wortverbindung von Kuchen und Küche. Der Kuchen wird grundsätzlich in der Küche gegessen, wie alles noch auf dem Land in der Küche geschieht. Die Küche ist der Mittelpunkt der familiären Welt. Es ist hier alles noch ländlicher, bodenständiger im Denken, als es das bei uns im Vorort der Großstadt ist. Ich dachte immer, hier ist es schlimm. Die Wälder hinterm Haus, das Feld und die robuste Einrichtung wirken aber beruhigend auf mich. Lassen mich die schöne Kindheit erinnern, die ich hier verbrachte. Der zweimonatige Aufenthalt war nämlich nicht der einzige Urlaub in meiner Kindheit auf dem Bauernhof. Er war nur der Längste. Ich wurde öfter mal von meinen Eltern abgeschoben, damit sie einen ruhigen Urlaub machen konnten.

„Ich habe dich dann ein paar Tage in einem alten Kinderwagen umher geschoben. Wir sind die meiste Zeit meine Bekannten besuchen gefahren. Das hat dir gar nicht gefallen. Kannst du dich noch an Tante Agnes erinnern? Die Arme liegt mit einer Hüftoperation im Krankenhaus. Wir können sie ja mal besuchen fahren morgen?!" „Ja. Gerne. Können wir gerne machen. Aber du kannst nicht davon ausgehen, dass ich jede deiner Bekannten kenne, Oma. Ich kenne so viele alte Menschen. Wer ist denn Tante Agnes?"

„Tante Agnes haben wir immer mit dem Kinderwagen besucht. Und zum Ende hin hast du immer geschrien und wild mit den

Armen gewedelt: Nicht Tante Agnes! Nicht Tante Agnes! Das fand ich schon damals komisch. Aber vielleicht hast du es einfach nicht ertragen, dass wir über dich geredet haben. Du warst ja nicht mehr so klein und hast alles verstanden, auch den Blitzschlag hast du gemerkt und wusstest, es ist scheiße im Kinderwagen zu sitzen während draußen die Kinder umherlaufen und spielen. Die Kinder in Tante Agnes Nachbarschaft haben dich immer komisch angeguckt. Weißt du das gar nicht mehr?"

„Nein. Das weiß ich nicht mehr. Das ist mir alles noch neu. Konnte ich denn gar nicht mehr laufen?" „Doch. Das schon. Nur halt stolpern. Es sah immer ulkig aus, wenn du versucht hast zu laufen. Wir waren fast jeden Tag beim Doktor wegen dir. Das hat dich auch gestört. Da hast du auch immer geflucht. Im Wartezimmer warst du immer das Gesprächsthema. Du konntest es wohl nicht haben, wenn man über dich und deine Blitzbeine geredet hat. So kam es mir jedenfalls vor. Deshalb habe ich auch nichts deiner Mutter gesagt. Die wäre nur nervös geworden und wäre, sobald sie wieder da ist, panisch von einem Arzt zum anderen gelaufen mit dir. Das konntest du damals nicht ertragen. Ich habe es dir erspart."

„Und wie geht es Tante Agnes nach der Hüftoperation?" „Ganz gut glaube ich. Sie eitert zwar, die Wunden gehen immer wieder auf, aber sie ist guter Dinge." „Wann wollen wir dann morgen los?" „Nach dem Mittagessen?" „Also um zwölf."

Heute wollten mich meine Eltern wieder abholen und blieben bis zum Kaffee. Freunde von Oma sind noch zusätzlich zu Besuch. Sie meinten irgendwann beiläufig, wie denn die Arbeit in der Bäckerei sei. Ich sage ausweichend: „Ganz gut." und will das Thema wechseln.

Er hackt nach: „Wie war denn das Praktikum letzte Woche?" „Das Praktikum hat mir gezeigt wie anstrengend das ist." Ich will noch ergänzen: es hat mir auch gezeigt, dass es nichts für mich ist, aber er lässt mich nicht ausreden: „Das ist heutzutage jeder Beruf." Dann hält er noch eine Ansprache zum Beruf Bäcker, wie sehr es doch Spaß machen muss und ich sehe in den Augen von Papa ein zustimmendes Lächeln.

Ich verstumme dann lieber wieder und lasse sie reden. So viel Anstand habe ich dann noch. Dann wechselt das Thema hin zum Priestertum und dem Zölibat. Alle sind sie verbissen darauf recht zu haben: „Wieso dürfen Priester eigentlich keine Frauen haben?" Einer erklärt, er habe gelesen: „Das Zölibat sei zum Schutz der Priester. Im Mittelalter wären die Dorfpriester sonst alle überfordert gewesen noch neben der geistlichen Seelenarbeit an der Gemeinde eine Familie großzuziehen."

Der nächste am Tisch meint: „Nein. Nein. Es ging der Kirche um das eigene Vermögen. Wenn die Priester eine Familie gehabt hätten, hätten sie in einem Todesfall an sie vererbt. Nicht an die Kirche. Damit wäre die nicht so reich geworden." Der nächste nur: „Nein. Es ging darum, dass die hohen Bischöfe und Päpste ihre Ämter immerzu an ihre Kinder vererbten und damit war es beinahe ein Staat im Staat. Irgendein Kaiser hat das als Gefahr gesehen und unterbunden. So kam das Zölibat von außerhalb der Kirche und wurde aufgezwungen." Jede Antwort war plausibel und plausibler als die davor. Jeder wollte recht haben. Sieht so das Leben aus? Unsinnige Unterhaltungen führen und Kaffee trinken? Ich erwarte mehr vom Leben.

Ich kann keine dummen Sprüche mehr ertragen und die ganzen dummen Gesichter, weil ich zu lange nur dumme Sprüche und dämlich dreinschauende Gesichter ertragen musste. Ich wusste ja stets was um mich herum geschah. Und heute ist es am Schlimmsten. Diese Kaffeekränzchen Geschichten sind doch alle unwichtig.

Ich sah, dass Andere laufen konnten und verbitterte mit zwei Jahren im Kinderwagen. Weil ich nicht mehr laufen konnte. Ich hörte ihr Gerede darüber wie traurig es sei, dass der Kleine nicht laufen kann und das es irgendwo im Bekanntenkreis auch Kinder gab in meiner Situation, jetzt laufen sie und rennen. Und dass das bei mir auch noch werde. Ganz bestimmt. Man muss nur in Gott vertrauen.

Ich konnte es schon damals nicht mehr ertragen. Diese Heuchelei. Ich habe aus eigenem Willen wieder laufen gelernt, da hat Gott nichts dran getan. Ich kann es nicht mehr hören. Mir kommt die Galle hoch, höre ich wieder die gottestreue Heuchelei durch die Münder von Sündern. Hinter dem Rücken dann, nachdem sie nach vorne hin ihr Vertrauen ausgesprochen haben, bedauern sie nur und sind überzeugt, das war es mit ihm.

Ich habe einen Sensor dafür entwickelt wie heuchlerisch die Menschen sind. Ich kann es jetzt sehr schnell erkennen und ertrage es deshalb nicht mehr in ihrer Nähe. Ertrage diese ganze Scheiße nicht mehr. Die kleinen Marotten der Menschen stören mich am meisten.

Oh, ich muss eine Tablette einnehmen. Anstatt sie einfach zu schlucken, muss ich sie zerteilen oder den Kopf in den Nacken werfen und ruckartig viel dabei trinken. Es ist ja nicht so, dass ich es nicht so könnte, es ist nur unangenehm, diese winzigen Tabletten im Ganzen herunter zu schlucken. Es geht ihnen stets dabei ums Prinzip. Nur wegen des Prinzips, nur weil ich als Kind darauf konditioniert wurde, müssen sie sie jetzt immer in zwei kleinere Teile teilen, bevor die Tablette geschluckt werden kann. Es ist ja auch so unangenehm.

Sowieso die ganzen Macken der Menschen. Ich kenne das nicht, deshalb mag ich es nicht. Ich mag es nicht, deshalb esse ich es nicht. Klingt einleuchtend. Aber wieder nur die Konditionierung unserer Gesellschaft auf den Menschen, die verhindert neue Sachen auszuprobieren. Deshalb stehe ich auch außerhalb der Menschengemeinschaft. Der Blitzschlag hat mir die Augen geöffnet. Ich könnte noch unendlich viele solcher Beispiele anbringen. Seitdem bin ich anders, pragmatischer und viel leichter im Umgang mit den gesellschaftlichen Regeln. Weil ich eben kein Mensch mehr bin. Ich bin nicht abhängig von den üblichen Dingen, die einen Menschen daran hindert, seinen Horizont zu erweitern.

Am späten Abend erst bringen mich meine Eltern dann wieder zurück in meine vertrauten vier Wände.

Ich gehe durch die Gassen und Nebenstraßen unserer Stadt spazieren, zu Hause halte ich es gerade nicht aus. Das tue ich immer, wenn mir die Decke vor lauter Streitigkeiten auf den Kopf fällt. Ich kann es nicht mehr hören. Immer das Geschrei meiner Eltern, immer der Ärger mit meinem Vater über die Bäckerei und meine Zukunft.

Da gehe ich lieber an die frische Luft. Ich verlaufe mich wieder, bin gedankenverlorenen und achte nicht auf den Weg. Sowas passiert mir immer, wenn ich kein bestimmtes Ziel habe und nur durch die Altstadt streife. Gotisch verzierte Außenfassaden und alte Bäume, in jeder Straße sieht es gleich aus.

Es gibt so viele Gassen und Abzweigungen in unserer Altstadt, da bekomme ich es gar nicht mit. Wie zufällig bin ich wieder am Ort des Geschehens. Es trifft mich wie ein Hammer. Die Erinnerung kommt zurück. Ich spüre seinen letzten Atem auf meiner Schulter. Sehe seine erschreckten Augen und höre sein Wimmern. Es haut mich um. Ich halte es nicht lange aus. Die Bilder dieses Abends holen mich ein. Ich muss hier weg. Sonst breche ich zusammen. Die Kraft ist wie ein Blitz, durchfährt mein Innerstes mit unvorstellbarer Energie.

Ich renne, renne vor mir weg. Kann eigentlich nicht entkommen, das Monster ist in mir. Zwischen meinen mehligen Rippen, es sitzt an meinem fliehenden Menschenherz, Schlag um Schlag will es entkommen und so weit weg wie nur möglich. Mein ganzer Körper zittert um sein eigenes Leben. Ich schließe meine panischen Augen und höre das Winseln des Opfers noch lauter und häusliches Knacken in mir, das kleine Ding tötet mich von innen. Diese Schuld ist mein Untergang. Ich sitze ruhig im Stuhl und schlage die Zähne aufeinander. Knirsch, knirsch. Der Kiefer knackt vor Spannung. Ich halte das nicht mehr aus, Messer und Gabel, Gabel beiseite, die Messerspitze glüht im Licht und Stich!

Wieder das kleine Ding, das andere Leben in mir, der Spatenstich in meinem kargen Nacken. Blut überall, es klebt und stinkt, obwohl ich sauber bin.

Ich treffe nicht, mehrere Male in den Brustkorb meines Opfers, schon ganz schwach und ohne Chance, diesen Kampf zu gewinnen. Schwöre ich mir aber noch, dich kriege ich! Ich renne weg. Davon, so muss es gehen. In die Gasse und dann nach links.

Es wandert rauf zum Nacken, runter in meine Muskeln und zuckt und zuckt, will das Messer nur nicht spüren. Ich aber steche zu. Lasse keine Gegenwehr zu. Mit letzter Kraft in den Nacken, bis meine blutleeren Finger das Messer fallen lassen, zu schwach sind noch zu reagieren. Es ist immer ein Kampf der Gedanken und ich habe immer noch das Bild in meinem Kopf. Ich glaube, das Bild gewinnt. Damit wird es enden und sein Leben beginnt in mir aufs Neue. Damit hat alles begonnen. Ich habe ein Leben in mir aufgenommen.

Ein Gedanke kommt in mir hoch: Ich muss zur Polizei. Den Mord melden. Vielleicht ist das andere Leben dann zu ertragen. Ich muss handeln und aussprechen was mich bedrückt. Wenn ich nichts sage, zerfleischt es mich von innen. Mich bedrückt das andere Leben, ich habe es mir einfacher vorgestellt. Und noch eine Gasse, dann stoße ich mit einem Spaziergänger zusammen.

Ich sinke daraufhin kraftlos dem Boden entgegen. Habe alles gegeben und bin dem Bild davongelaufen, war für dieses eine Mal noch erfolgreich. Der Spaziergänger schaut nur verwirrt, schaut um die Ecke nach Verfolgern und fragt dann ruhig: „Mein Jung? Alles in Ordnung?"

Ich fühle mich erleichtert. Beinahe hätte es mich umgehauen. Ich stehe nun wieder mit wackeligen Beinen und denke mir, den verschone ich für heute. Noch ganz schwach, stütze ich mich an der Wand ab und taste mich in die nächste Gasse. Der Spaziergänger schaut mir nur irritiert nach und schüttelt den Kopf, dann geht er wieder seines Weges. Ich bin entkommen.

Für euch war ich mutig. Für euch bin ich immer wieder aufgestanden, habe alles Leid ertragen. So gut wie alles in mich hineingezogen, in mich hineingefressen und die einzige Möglichkeit mich davon zu befreien war, zu studieren und den menschlichen Geist zu erforschen. Das wollt ihr mir nun vorenthalten? Ich soll deinen lächerlichen Laden übernehmen und das Studium hinwerfen, Vater? Das ist unser üblicher Streit, heute verläuft er anders, es liegt ein Gewitter in der Luft.

„Und wie soll dein Leben deiner Meinung nach aussehen? Was willst du machen, anstatt der Bäckerei?", fragte der aufgebrachte Vater. „Was ich mit meinem Leben machen will? – Auf jeden Fall nicht bloß aufstehen, mit dem Bus zur Arbeit fahren, Essen irgendwo in mich hineinstopfen und dann wieder nach Hause ins Bett! Was soll ich dann bloß mit mir den ganzen Tag anfangen? Ich habe studiert!" „Bist du dir zu schade dafür? Jeder andere lebt so. Was ist so falsch daran?" „Ich kann nicht. Ich habe zu viel gesehen, zu viel erlebt."

„Bist du besser als wir? Denkst du, du hast ein besseres Leben verdient als deine Mutter, als ich, als mein Vater und jeder Mann vor dir in unserer Bäckereifamilie? Wir waren immer Bäcker und werden auf immer diese Bäckerei führen. Mit deinen Büchern willst du leben? Eine brotlose Kunst! Das sag ich dir! Denkst du wirklich mit deinem philosophischen Heftchen bist du besser als wir? Weil du studiert hast? Besser als der Rest der Familie? – Sei nicht anmaßend! Das steht deinem kleinen Köpfchen nicht!"

Mit jedem Wort wurde er lauter, zum Ende seines Wutausbruches hatte der Bäckermeister nur noch abwertende Worte für seinen Sohn übrig, er verhöhnte ihn.

„Wisst ihr was?", er schaute zu seiner stillen Mutter, die das übliche Wortgefecht ertrug und seinen Vater, sprach weiter, wurde ebenfalls lauter: „Ja, ich bin besser! Ich habe etwas Besseres verdient als diesen Schund!" Prompt hagelte es eine hallende Ohrfeige.

Der Bäckermeister hatte bei dem hallenden Geräusch ein müdes Lächeln auf den Lippen: „Du mit deinen Spielereien. Nicht jeder hat das Glück in seiner Freizeit ein paar verstaubte Bücher zu blättern. Ich habe dir deine lächerliche Ausbildung durch die harte Arbeit in der Bäckerei erst möglich gemacht. Also sei gefälligst dankbar. Für diesen Kinderkram habe ich jetzt keine Zeit mehr. Es war von Anfang an eine Zeitverschwendung dich studieren zu schicken. Verschenkte Jahre!" Dann war kurz Stille.

Während der ganzen Zeit hielt sich der Junge die Wange mit einer Hand, stand aufrecht wie schon lange nicht mehr, grinste und sprach leise weiter: „Ich habe Menschen sterben sehen. Ich habe den allerletzten Atemzug eines sterbenden Menschen miterlebt und eines kann ich dir sagen, Vater, niemand stirbt friedlich. Sie hatten den süßlichen Angstschweiß auf der Stirn, haben sich vollgepinkelt und vollgeschissen, haben mit ängstlicher Miene geschaut und ihre Augen waren vor Furcht weit aufgerissen, vor dem was noch kommen mag nach dem Leben, hatten Seelenschmerzen wegen der Trostlosigkeit ihres eigenen Lebens. Sie erkannten, sie haben ihr Leben weggeschmissen. Und ich kann dir auch sagen, Vater, niemand von ihnen, die in ihrer eigenen Scheiße lagen und verreckt sind, sah so schwach, so niedrig und unsicher, so hilflos und ungehalten aus wie du, der sein eigenes Kind schlägt. Immer wieder und wieder, seit ich klein bin."

„Jetzt werd bloß nicht lächerlich.", gab dieser leise irritierend zurück. „Ich bin nicht lächerlich, sag das nie wieder! Ich kann es dir zeigen. Ich kann dir zeigen womit ich mein Leben verbracht habe, womit ich mich mein Leben lang beschäftigen werde!", sagte er, schritt auf seinen Vater zu und hielt auf ihn zu.

Zeitungsartikel der Regionalzeitung „Wir-vor-Ort" vom 21. Januar 2012

[...]

Gestern riefen Nachbarn die Polizei, weil sie das ältere Ehepaar über mehrere Tage hinweg nicht mehr gesehen haben. Der Sohn hat auf Anfragen widersprüchliche Angaben gemacht, daraufhin untersuchte die Polizei den Fall genauer. Die Beamten untersuchten das Grundstück – bis sie im Schuppen auf die Leichenteile stießen. Der ehemalige Philosophiestudent soll seine Eltern im Streit um seine Zukunft getötet haben. Um die Leichen der 60-jährigen Frau und ihres 67 Jahre alten Ehemannes verschwinden zu lassen, soll er sie zerstückelt haben.

Das Motiv für die Taten liegt laut Staatsanwaltschaft im familiären Bereich: Es habe offensichtlich Meinungsverschiedenheiten über den weiteren beruflichen Werdegang des Sohnes gegeben, schilderte der Sprecher.

Das Einzelkind zerstückelte die Leichen dem Bericht zufolge mit einer elektrischen Kettensäge und versuchte die Überreste zu verbrennen. Den Keller des Einfamilienhauses hatte er extra mit Plastikfolie präpariert.

Nach ungesicherten Angaben habe der Elternmörder die Tat bereits gestanden und befindet sich nun in psychiatrischer Behandlung.

[...]

Zweite Geschichte

30. März 2012 Interview mit der einzigen Frau in seinem Leben

„Danke, dass Sie sich zu diesem Interview bereit erklärt haben. Darf ich Sie vorweg fragen, warum Sie dieses Interview wollen? Es hat mich ein wenig überrascht, dass Sie von sich aus auf mich zugekommen sind."

„Ich wollte meine Position der Dinge beleuchten, nachdem schon so viel Müll darüber berichtet wurde. Ihn einfach nicht vergessen. Ihn in Ehren halten, so wie er wirklich war."

„Ok. Was wollen Sie mir denn erzählen?"

„Ich will einfach erzählen, wie es war mit ihm. Wir alle haben viel falsch gemacht in den letzten Monaten. So auch ich. Und um das wieder gut zu machen, möchte ich einfach sein Bild in der Öffentlichkeit zu Recht rücken. Er wird von den Medien als drogensüchtige Dealer dargestellt. Das war er nicht. Nicht ausschließlich."

„Ok. Ich bin ganz Ohr."

„Wir lernten uns auf einer der großen Drogenpartys kennen. Wenig später ist eines nachts einfach rüber gegangen ins Zimmer seines Mitbewohners und hat sich an unser Bett gesetzt. Ich bin sachte geweckt worden, ohne dass sein Mitbewohner geweckt wurde. Er hat meine Wade gestreichelt und wir sind unbemerkt in sein Bett gekrochen. Ich sah es an seinem Blick, er brauchte mich. Er hatte Tränen in den Augen. Sah durchwühlt aus. Er brauchte für die Nacht eine wärmende Kraft an seiner Seite. Wenig später wurde es beinahe zur Routine. Ich schrieb eine SMS und wir trafen uns auf dem Balkon, sobald sein Mitbewohner eingeschlafen war. Dann standen wir immer im Regen oder unter sternenklarem Himmel und unterhielten uns." „Was hat ihn in den stillen Stunden mit Ihnen beschäftigt? Haben Sie mit ihm über seine Geschäfte gesprochen?" „Nein. Darüber fiel nie ein Wort."

„Hatte er Ihnen gegenüber denn jemals etwas von Problemen erwähnt?" „Nein. Aber ich konnte es ihm ansehen. Und ich wusste auch: Sein Leiden war nicht mit einem Pflaster zu lindern, er hat mehr gelitten. Das wird mir jetzt klar, leider zu spät. Er hat dort Schmerz empfunden, wo kein Pflaster und kein Kuss von einer schönen Frau hingelangen konnten."

„Denken Sie also auch, er hat sich das Leben genommen?" „Nein. Das nicht. So war das nicht. Er hat sich nicht das Leben genommen. Das konnte er mir nicht antun. Er hätte mich in meiner Situation nicht alleine gelassen. Es ist etwas viel schlimmeres passiert."

„Und was, wenn ich Fragen darf? Wieso, was hatte denn ihre Situation damit zu tun?"

Da klingelt ihr Telefon, die Babysitterin hat ein Problem, sie entschuldigt sich und geht. Ich wünsche noch einen schönen Abend und bin jetzt heiß auf die Wahrheit geworden, will mehr erfahren und kann es gar nicht erwarten heute Abend ins Büro zurückzukommen und einen Artikel darüber zu schreiben.

Wir verblieben mit dem Versprechen einen neuen Interviewtermin zu vereinbaren. Aber daraus wird nie etwas werden. Kurze Zeit später am Abend klingelt mein Telefon. Sie habe mit ihrem Mann gesprochen, sie ziehe ihr Einverständnis zur Veröffentlichung des kurzen Interviewgespräches zurück, sie sei in sich gegangen und wolle nichts davon an der Öffentlichkeit wissen. Das hat mein Interesse geweckt.

Ich sitze auf einer Story, die keine Story sein darf. Aber hat mich so etwas jemals davon abgehalten zu schreiben?

Die Sicht des Drogendealers

Der Zug ist stets ein geschlossener Raum auf weiter Fahrt. Man ist den Kräften der Natur ausgesetzt und dir bleibt nur die Möglichkeit dich zu zudröhnen oder zu schlafen, um dem Sammelbecken der Gesellschaft zu entkommen. Doch was machst du, wenn du keine Reserve in den Taschen trägst? Nicht verzweifeln, so das Zauberwort. Einmal tief durchatmen, einmal die Umgebung beobachten und dich nicht von den Menschen zur Weißglut treiben lassen.

Ich hasse nämlich Menschen. Und ganz besonders Menschen im Zug. Man entkommt ihnen im Zug so einfach nicht mehr und ist auf engstem Raum mit ihnen eingesperrt. Sie sitzen wie selbstverständlich da und denken, sie wären alleine, der Zug gehört ihnen und fährt nur, weil sie es wollen. Telefonieren lautstark mit ihrem „Schatzimaus", in der Annahme sie sind nicht zu hören, weil sie diese Minidinger im Ohr haben wo man erst denkt sie führen verrückte Selbstgespräche. Wo findet man Stoff? Nicht verzweifeln, muss ich mir immer wieder sagen.

In der Welt der Drogen gibt es bestimmte Zeichen und Signale, die sowohl Verkäufer als auch Käufer verstehen und ahnen können, auch während einer Zugfahrt. Also nicht verzweifeln inmitten der fahrenden Klappsmühle!

Mach die Augen auf und beobachte die Umgebung, sage ich mir immer wieder. Auch ich werde bestimmt beobachtet. Ich falle nämlich ebenso aus dem Raser der gut gesitteten Zugreisen wie der nette Herr, dem ich gleich ein bisschen Stoff abkaufen werde.

Andere sitzen in ihrer Sitzecke und philosophieren über bäuerliche Trinkspiele mit Würfeln oder Lügen, man könnte fast meinen die Menschheit ist gerettet – doch nichts davon, einer der Vieren erklärt einer anderen Person die Spielregeln und dann wird gemeiert. Und das um acht Uhr morgens. Um acht Uhr in einem Zug zu sitzen durch die deutsche Bauernlandschaft, in dem Menschen Meiern spielen, was gibt es schlimmeres?

Gott sei Dank ist da ein Mann, der wie eine Picassostrichmännchenzeichnung auf mich wirkt mit igelhaften, aufgegellten Haaren, um bedrohlich zu erscheinen für all diejenigen Kiffer und Stecher, die nicht auf Anhieb zahlen wollen. Das weiße Hemd hängt schlaff an ihm herunter wie auf einer Wäscheleine zum Trocken und die schwarze Lederjacke verdeckt nur marginal Flecken und Einstiche von Spritzen in seinem Unterarm, die ich nur erahnen kann.

Später werde ich sie sehen und es mir einleuchten. Seine teuren Lackschuhe, die Andere vielleicht nur zum sonnabendlichen Tanz anziehen, geben für mich den entscheidenden Unterschied zwischen einem ausschließlichen und hoffnungslosen Konsumierer und einem Dealer, der seine eigene Ware zu oft ausprobiert hat, mit dem ich es jetzt zu tun bekomme. Er ist nicht der erste Dealer und wird auch nicht der letzte sein.

Ich kriege zu viel. Unweit meines Sitzplatzes ist eine Wurstfingernagellackschlampe. Erst lackiert sie sich im Zug ihre Fingernägel mit einer widerlichen Pinkfarbe und meint, damit sehe ich tausendmal schöner aus als die böse Stiefmutter bei den Sieben Zwergen und dann noch die scheußliche Musik. Natürlich lässt sie ihre Hip Hop Dance Musik auf voller Lautstärke durch die Kopfhörer dröhnen, dass auch jeder weiß, ich bin ein böses Mädchen mit stinkendem pinken Nagellack vom deutschen Hinterhof.

Und dann fängt sie auch noch sofort an zu weinen, wenn man sie nur lieb bittet: „Hey Wurstfingerschlampe! Stell mal den Scheiß leiser. Ich habe für eine ruhige Zugfahrt bezahlt! Hätte ich Musik gewollt, hätte ich mir meinen Schallplattenspieler mitgebracht. – Einen Was? Einen Schallplattenspieler! Das ist ein Ding, dass benutzen gebildetere Menschen, um Leute mit wasserstoffblonden

Echthaarextentions fernzuhalten! Und jetzt mach den Scheiß leiser oder ich werf dir was an deinen eckigen Kopf!"

Und wie falle ich neben der Beleidigung von kleindeutschen Weibern für den unterbelichteten Dealer noch auf? Ein schwerer Wintermantel im Sommer genügt. Das heißt für den Dealer, ein Junkie auf Entzug. Ein weiterer Kunde, der an seinem Drogenkonsum langsam aber sicher zugrunde geht. Ein weiteres Leben, ein Leben zum Willen zum Untergang hin, zum Willen zur allerletzten Explosion.

Man darf den dicklichen Sportstudenten nicht vergessen als ehrenwertes Mitglied und Repräsentant der Gesellschaft, wie er in der aller letzten Minute in den Zug hechtet und deshalb neben mir schwitzt wie eine Bratente. Und das nur, weil er cool am Bahnhof stehen musste, um eine Zigarette zu genießen. Kennt ihr diese Trinkgeräusche, die manche Menschen extrem widerlich laut machen? Dieses Gluck, Gluck, Schmatz, Gluck. Grauenhaft! Und dieser Kerl hat es perfektioniert. Trinkt, atmet dabei hechelnd aus der Nase und schluckt, trinkt und gluckst. Alles auf einmal! Als würde sein Leben davon abhängen!

Was darf in einem Zugabteil natürlich nicht fehlen? Alte Leute. Über die kann man sich so wunderbar amüsieren und alte Leute eignen sich wunderbar dafür sie durch den Dreck zu ziehen. Die Alten flehen förmlich danach. Drei Stationen vor ihrem eigentlichen Ziel stehen sie auf und mitten vor die Zugeingangstür aus Angst, der Zug könnte nicht halten. Ich weiß auch nicht was die immer denken, wenn sie mitten vor der Tür stehen und die alten Damen und Herren die Horde der morgendlichen Aktenträger anführen und plötzlich bemerken: „oh, das ist ja gar nicht meine Station." Dann erst einmal wieder durch die wartende Masse zurück auf den angestammten Platz und direkt wieder aufstehen, weil ihre Station jeden Moment kommen kann. Vor der Tür, weil der Zug ja nur für ein paar Millisekunden hält und sie heraus hechten müssen.

So und nun zu mir. Ich sitze hier und schaue verächtlich über die Tastatur meines Laptops, tippe in ärgerlicher Weise auf die Buchstaben, um Buchstabenkombinationen tot zu hauen, um verächtliche Worte zu schreiben über Menschen, die eigentlich gar nichts dafür können, dass ich so früh aufstehen musste, um in irgendeine Stadt zu fahren und irgendwas zu machen; meine Drogensammlung nicht mit habe. Eigentlich muss ich bis Mittag noch einen Quellcode schreiben, aber meine Gedanken kreisen ausschließlich um ein Thema. Wie komme ich an Stoff? Wie spreche ich den netten Herrn an?

Ich schreibe etwas auf einen kleinen Zettel, knüllte ihn zusammen und warf ihm das Stück Papier vor die Füße beim Vorbeigehen. „Treffen Sie mich gleich auf der Toilette. Will kaufen."
Und er kam und klopfte dreimal vorsichtig. Ich bereitete ihm mein Angebot, weil ich mir sicher war, er hat Stoff dabei und ist willens ihn gegen Bargeld einzutauschen. Erst überlege er etwas, dann machte er mir ein Gegenangebot: „Für den Stoff will ich, dass du mir deinen Arsch hin hältst." Ich meinte nur: „Vorher den Stoff, denn es gibt nichts demütigenderes, als einen fremden Schwanz im eigenen Arsch zu spüren."
Nach geraumer Zeit griff er in seinen Mantel und griff nach einer goldenen Schachtel, nahm eine vorgefertigte Spritze heraus, die für jeden Abhängigen aussieht wie von vielen eingelegten Steinen, Rubinen, Diamanten und allen Juwelen glänzend. Er betrachtete sie lange prüfend. Die Spritze schien eine wunderliche unverständliche Figur mit ihren unterschiedlichsten Farben und Linien zu bilden; zuweilen war, nachdem der Schimmer der Fahrgastbeleuchtung ihr entgegen spiegelte, ich schmerzhaft geblendet, dann trafen wieder besänftigend grüne und blau spielende Scheine mei-

ne Augen. Er aber stand, den Gegenstand mit seinen Blicken verschlingend, und zugleich tief in sich selbst versunken.

Wir machen das gemeinsam. Ich gebe dir die Spritze, und zugleich beugst du dich nach vorne, damit ich sicher sein kann, dass du nicht von unserem Plan abweichst. Er zog seine Hose herunter, griff zum Seifenspender, ignorierte das kindliche Rütteln an der Tür von außen und eine genervte Mutter mit krächzender Stimme: „Wie lange brauchen sie da drin noch?

In meinem Inneren hatte sich ein Abgrund von Gestalten und Wohllaut, von Sehnsucht und Kraft aufgetan, Scharen von beflügelten Tönen und wehmütigen und freudigen Melodien zogen durch mein Gemüt, das ich bis auf den Grund bewegt war; ich sah eine Welt von Schmerz und Hoffnung in mir aufgehen, mächtige Wunderfelsen von Vertrauen und trotzender Zuversicht, große Wassertürme, wie voll Wehmut fließend.

Erst sollte ich ein wenig Zungenakrobatik betreiben, dann hielt ich ihm meinen Arsch hin. Dann gab er mir die Spritze. Wobei es mich wieder erschrak, was für ein mächtiges Glied ich selbst dabei immer vorweisen konnte. Ich stöhnte erst ein wenig, dann hatte er seinen Rhythmus gefunden und es schmerzte mit der Seife kaum. Ich setzte mir die Spritze in den abgebundenen Arm und von einem Moment auf den Anderen war ich erlöst.

Ich erkannte mich nicht wieder, und erschrak, als der Schöne seinen Lebenssaft in mich verschoss. Er überreichte mir am Ende noch eine Spritze und sprach die wenigen Worte: „Nimm dies zu meinem Andenken!" Ich nahm die zweite Spritze, wusste nicht mehr weswegen ich sie verdient hatte und fühlte die Form, die unsichtbar sogleich in mein Innerstes übergehen wollte, das Licht und seine mächtige Schönheit und der fahrende Saal waren für mich verschwunden. Wie eine dunkle Nacht mit Wolkenvorhängen fiel es in mein Innerstes hinein, ich suchte nach den vorigen Gefühlen, nach jener Begeisterung und unbegreiflichen Liebe, nach Schmerz und Leid und beschaue noch einmal kurz die zweite kostbare Spritze, in welcher sich das Toilettenlicht schwach und bläulich spiegelte. Der Dealer stöhnte noch auf dem Toilettensitz und unter seinen strengen Blicken jagte ich mir auch die zweite Spritze in den Arm. Dann schmiss ich sie ins Zugklo und wir beide schlichen getrennt voneinander zurück an unsere Plätze, vorbei an die nörgelnde Mutter: „Wurde auch Zeit." So sah die zweite männliche Person aus der Toilette steigen und drehte, ohne weitere belehrende Worte, zu einer anderen Zugtoilette um. Für mich hatte das alles keine Bedeutung mehr. Auf meinem Platz zog ich meine Jacke aus, knüllte sie zu einem Kopfkissen und machte es mir so bequem.

Die Stunden ziehen sich hin und du sitzt da, jetzt teilnahmsloser als die Anderen. Glücklicher. Dein Mund ist entspannter, deine Schultern sind nicht mehr verkrampft, deine Muskeln entspannt. Fällst irgendwie aus dem Zeitgefühl des gesamten Zugabteils. Bei dir wird alles langsamer, stickiger in einer Hinsicht, dass du Gefahr läufst, zu ersticken. Du merkst die denkenden Köpfe, spürst den Hirnschmalzdampf, der wie dicke Schwaden umherschwirrt und erstickst beinahe daran, wenn er dir zu nahe kommt.
Hin und wieder stoßen die Gedanken mit deinen Gedanken aneinander und strömen in deine Empfindungssphären, beeinträchtigen deine Ideen, beeinflussen sie. Ansonsten bist du ein stiller, stinkender Beobachter, der nur Bruchstücke mitbekommt von der angeblichen Wirklichkeit. Ansonsten bist du nämlich in deinem eigenen wolkenbelasteten Kosmos.
Du wünscht dir eine Luftblase, ein eigenes Luftempfinden, geschützt vor den Ausschweifungen der anderen Gedanken, Gefühle und Gespräche. Es gilt für mich im Moment nur die Rettung in eine innere Migration, keine andere Möglichkeit für mich diese Zugfahrt zu überleben. Die nutzlosen Gespräche der Mitreisenden

sind unerträglich, sie erzählen sich etwas ohne wirklich etwas zu sagen. Zum Kotzen! „Ja, hi. Ich bin gestern schoppen gewesen und du glaubst nicht was ich da gesehen habe!" „Und was geht bei dir so?" „Aha. Also auch nichts. – Und sonst?" Da kribbelt es mir den Rücken hoch.

Ich will in eine Luftblase, weg von den anderen Gedanken, Gesprächen und Gefühlen. Aber das geht irgendwie nicht. Je mehr ich mich darauf konzentriere die Luft der anderen Reisenden durch meine Luft zu ersetzen, desto mehr kommt ihre Luftempfindungswirklichkeit auf mich zu. Diese Freiheit steht mir wohl nicht zu.

Beim genaueren Überlegen gibt es sie sowieso überhaupt nicht. Für niemanden gibt es eine innere Migration, es ist immer eine Auseinandersetzung mit der Außenwelt. Ich mache meine Musik an und schließe die Augen, habe noch drei Stunden Zugfahrt vor mir, aber so langsam wirken die Drogen. Nicht mal mit zerstochenem Arm kann ich meine Freiheit genießen, meine Luftblase aufrecht erhalten. Aber wenigstens bin ich nicht mehr ohne Stoff im Zug. Die Frau mit Kind schaute hin und wieder rüber zu mir, war erschrocken und brachte nur ein paar abwertende Blicke zustande. So lässt sich die vorbeiziehende Welt halbwegs ertragen, mit Musik in den Ohren und geschlossenen Augen.

So geht es ein paar Stunden gut. Kurz vor der Heimat, bis ein paar Zugstationen vor der Heimat geht alles wieder von vorne los. Meine Rückenmuskeln ziehen sich zusammen vor Kälte, der Brustkorb ist mit einem Doppelknoten zugeschnürt, Rücken und Brust wollen sich womöglich selbst umarmen, deshalb auch meine gekrümmte Haltung und die Hände zittern, es sind die offensichtlichsten Körpergliedmaßenmerkmale. Wenn du das Zittern und das Krampfen spürst, ist es womöglich schon zu spät.

Deine Augen sind blutunterlaufen, weil du sie nicht mehr zu-
kriegst, dein Geruchssinn kommt zurück und erinnert dich an die
letzten Stunden, an all die Gerüche, die du nicht mehr gerochen
hast im Delirium, weil du stramm warst wie eine Schrankwand.
Alles kommt doppelt zurück. Der Lärm wird unerträglicher, jedes
kleine Geräusch wird bei dir aufgenommen wie eine Geräuschex-
plosion. Der leichteste Windhauch lässt dich zusammenzucken,
aufschrecken und wieder zusammenfallen, es ist wie das Gefühl,
wenn man Fingernagelspitzen an einer Kreidetafel entlang
schleift, um die Aufmerksamkeit der Kinder zu bekommen, nur
dass du davon jede Minute von neuem aufschreckst.

Du musst noch ein bisschen durchhalten, sage ich mir immer wieder. Du bist gleich zu Hause, du bist gleich zu Hause. Du bist
gleich zu Hause. Du bist gleich zu Hause. „Liebe Fahrgäste. Aufgrund einer ICE-Überholung haben wir ein paar Minuten Verspätung. Wir bitten um ihr Verständnis." Du bist gleich zu Hause. Du
bist gleich zu Hause. Immer wieder. Du bist gleich zu Hause.
„Entschuldigen Sie bitte, ist der Sitzplatz neben Ihnen noch frei? –
Ach, das ist aber nett. Wissen Sie, ich mit meiner kaputten Hüfte
kann ja nicht mehr so lange stehen. Wissen Sie, wann die Haltestelle Herford kommt? Da muss ich nämlich aussteigen und will
die Haltestelle nicht verpassen. Letztens ist mein Sohn nämlich in
Richtung Berlin eingeschlafen und musste eine halbe Stunde länger fahren und sogar eine gehörige Strafe bezahlen! Sind sie schon
mal eingeschlafen? Kommt jetzt Herford?" Du bist gleich zu Hause. Du bist gleich zu Hause. Du bist gleich zu Hause. Immer wieder wie ein buddhistisches Beruhigungsmantra.

„Entschuldigen Sie, geht es Ihnen nicht gut? Sie sehen nicht so
gesund aus! Brauchen Sie irgendwas? Wollen Sie sich nicht einen
Schlag Wasser ins Gesicht machen? Bevor Sie mir hier noch weg-
kippen?!" Du bist gleich zu Hause. Du bist gleich zu Hause. Noch
eine halbe Stunde. Du bist gleich zu Hause. Ganz bestimmt. Lange

kann es nicht mehr dauern. „Ja, lassen sie mich mal raus. Ich geh auf die Toilette." Ich komme hier nie wieder lebend raus. Ich werde für immer diese Zugfahrt bestreiten. Ich komme nie nach Hause. Ich komme nie wieder nach Hause. „Verehrte Fahrgäste. …" Ich komme nie wieder nach Hause. Ich komme nie wieder nach Hause. Nie wieder nach Hause. Wie ein buddhistisches Mantra. Nie wieder.

Ich reiße zu Hause an der Drogenschublade, so hart und verzweifelt, dass sie auseinander fällt. Ich brauche Stoff, sonst halte ich dieses Wetter, die Mittagssonne nicht aus. Draußen wird jeder noch so geringe Sonnenstrahl von allen zum Anlass genommen vor die Tür zu gehen. Ich verstehe die Menschen nicht mehr. Im Sommer wollen sie Schnee und im Winter wollen sie Sonne. Man bekommt aber nie das was man gerade will. Langsam kommen die Erinnerungen an sie wieder. Das macht das Zimmer, die übliche Umgebung. Sie hat es mir so schwer gemacht mit ihren Augen voller Glut. Ich wünschte, man würde wenigstens versuchen zu widerstehen. Dabei fühle ich mich morgens, wie eine alte verbrauchte Hure, wenn ich nachher kein Geld zu Verfügung habe. Ohne sie kann ich nicht mehr schlafen.

Es ist so kalt, dass man sich die Haut in großen Teilen vom Gesicht ziehen will. Ich will es, deshalb reiße ich so stark an der Schreibtischschublade, dass der ganze Stoff auf den klebrigen Boden knallt.

Ist es Liebe, wenn der eine Mensch den Anderen für den Einen verlässt oder doch nur guter alter Verrat in einer Dreiecksbeziehung? Es kommt immer auf den Blickwinkel an. Wenn man einmal den Blickwinkel ändert, enthüllt sich eine ganz neue Geschichte. Ein ganz neuer Ansatz.

So gesehen bin ich also nicht traurig anzusehen, wenn ich den abhängigen Stoff vom dreckigen Boden schniefe. Ich bin ein Held unserer Generation. Ich bin der Held! Der Held, dem eine ganze TV-Serie gewidmet wird. Der kurz-vor-drei-Held! Die neue Serie von den erfolgreichen Spieleentwicklern des riesen Brettspieleerfolgs Todesstrafe, Vergewaltigung und Minderheiten. Gebietsübergreifend sind sie fantastisch und sollte es etwas geben, dann ein Gesetz, dass bestraft, wenn man die Sendung vorsätzlich verpasst.

Wieso bin ich eigentlich so verdammt früh wach? – Achja, da war dieses verdammte Telefonat am frühen Morgen, ich habe ja noch den Hörer in der Hand. Mir kommt es vor als hätte ich mit einem halbwegs normalen Menschen zuletzt vor einer gefühlten Ewigkeit gesprochen, deshalb bin ich womöglich auch ans klingelnde Telefon gegangen. „Hey, ist Ali da?" „Nein. Tut mir leid. Da haben sie sich verwählt!" Und statt sich zu entschuldigen, dass ich zu dieser sonnenbelasteten Uhrzeit keine harten Drogen in meiner Schublade finde, quatscht er weiter. „Oh, tut mir leid. Mit wem spreche ich denn da? Mit wem habe ich das Vergnügen?"

„Das geht sie ja wohl einen scheiß Dreck an!" „Müssen sie so unhöflich sein?" Ja, natürlich. Das ist mein Ding. Zugleich plump und poetisch. Wie das Spiel Todesstrafe, Vergewaltigung und Minderheit. Das ist auch plump und poetisch.

Ich bin am Boden der Gesellschaft angelangt. Aus dem Telefon dröhnt noch ein Fluchen, ich aber schniefe schon den Dreck vom Boden und versinke im Staub der Generationen. Der Beginn der neuen Sendung lässt viel erahnen.

Der Vorspann: Eine dramatisch in Szene gesetzte Uhr, den Fokus auf den laut tickenden Sekundenzeiger, der sich auf kurz vor drei nähert. Dann eine Einstellung hin zu einem hektisch am Steuer sitzenden Autofahrers mit verkniffener Miene. Dabei ständig eine unheilvolle Musik als Spannungsträger. Die Superkraft unseres Helden liegt darin, dass er immer um kurz vor drei auftaucht.

Der Vorspann endet mit dem üblichen Trara. Die Folge geht los. Der kurz-vor-drei-Held sitzt zu Hause auf der Couch. Das Superheldentelefon klingelt: „Kurz-vor-drei-Held?" „Ja?" „Wir brauchen sie in der Morgenstreet. Eine Geiselnahme." „Ich bin um kurz vor drei da." Bildwechsel auf eine Uhr. Es ist zehn nach zehn. Wieder zurück zum kurz-vor-drei-Helden. Immer noch am Telefon, meint aber abwesend: „Ich hätte gerne eine große Salamipizza mit extra Käse." „Kurz-vor-drei-Held! Eine Geiselnahme. Wir brauchen dich jetzt. Was sollen wir denn um kurz vor drei mit dir anfangen? Dann ist alles zu spät. Und wie oft soll ich das noch sagen: ich bin kein Pizza-Dienst!" „Ok, stimmt. Da war was. Ich werde mich beeilen." „Ach, vergiss es."

Und die andere Seite hat das Telefonat beendet. Der kurz-vor-drei-Held fragt sich nur, seit wann ist der Pizzabote so unfreundlich?

Der Sekundenzeiger, währenddessen schreitet mit ohrenbetäubendem Ticken voran, unser viel geliebter kurz-vor-drei-Held sitzt auf seinem Sofa und während Taschen fährt ein kleiner Fahrer gerecht werde. Autofahrer am nervösen Steuer durch die Straßen und die Geiselnehmer laden in der Morgenstreet ihre Waffen durch. Gegen kurz vor drei wird unser Held bei der Geiselnahme nur noch tote betroffene Menschen antreffen, die trauern.

„Und schon wieder hat der kurz-vor-drei-Held den Tag gerettet. Schaltet beim nächsten Mal wieder ein, wenn es heißt kurz-vor-drei-Held, du bist der Held unserer Welt! – Aber nur, wenn das Verbrechen bis kurz vor drei warten kann."

Ich sabbere nur noch und falle in den erholsamen Drogenrauschschlaf und träume von weiteren Folgen… ein besseres Happy End kann es doch wohl kaum geben für einen abgespackten Junkies. Ich meine, jeder in meiner Umgebung sagt mir: Du bist ein Arschloch. Und dann dreh ich mich um und sehe die Welt ist voller Arschlöcher! Ich hasse euch alle!

Ich stelle mir die Frage: Was ist intensiver? Ein liebender Kuss oder doch das körperliche Vergnügen? Ein intimer Moment der Zweisamkeit, also eine lange Umarmung und der Duft nach zu Hause oder ein flüchtiger Fick?

Sex ist doch schließlich immer nur ein Schauspiel mit vielen Varianten. Es kommt dabei stets nur auf das Eine an: dass ein jeder seine Rolle beherrscht und seine darstellerische Kraft ins Gelingen des gemeinsamen Aktes steckt. Sex ist nur ein Rein-raus-Spiel mit dilettantischen Schaustellern. Aber ist die Liebe besser?

Die Welt sollte einmal einsehen, dass auch bedingungslose Liebe schlecht ist. Sie hat mir nichts Gutes gebracht, nur Schmerzen und süchtiges Leiden. Wir sind auch mal die zweite oder dritte Wahl einer anderen Person und selten schreit uns ein Schicksal „Bestimmung!" entgegen.

Man wird belogen und betrogen. So sieht die Realität aus. Und wenn ich meine, die Welt soll die Unmöglichkeit der romantischen Liebe einsehen, dann meine ich eigentlich: Ich soll es endlich einsehen und weiterziehen.

Aber mein Herz hängt noch an ihr. Vielleicht werde ich es bald schaffen, aber nicht so, wenn sie in den Armen eines Anderen liegt und ich es sehen kann. Das schmerzt nur zusätzlich.

In einem anderen Leben wären wir ein schönes Paar geworden. Aber so baue ich mir eine Rampe aus herumliegenden Alkoholikern. Ein Fluchtversuch aus dem liebestrunkenen Bierkarussell weg von den langen Blicken und meiner Geliebten mit den tiefen Augen hin zu einer neuen Welt ohne sie.

Ich dachte in meinen klareren Momenten, wir heiraten. Aber da war noch der Andere, der Dritte im Bunde mit plumpen Sprüchen wie: „Rum machen?" Und schon hatte er sie in seinem Bett, er hatte sie vor mir und wird sie auch noch nach mir haben. Ich habe es mit allem versucht und stelle fest, nur im Fernsehen gibt es die romantischen Liebesgeschichtenenden. Wir befinden uns hier leider nicht im Nihilitikum. Wir leben noch.

Wer leben will, auch ohne sinnlichen Körperkontakt, muss essen. So sagte es schon damals meine Oma: „Iss, mein Junge, damit du groß und stark wirst!" Damals war es einfacher. Da saßen wir noch alle ohne Verachtung und unterdrückter Liebe zueinander zusammen in der Wohnung und tranken und feierten, auch ohne die langen Blicke. Er nahm also die Pizza und zerschnitt sie mit einem Löffel in Stücke. „Lass uns während des Essens Todesart, Vergewaltigung und Minderheit spielen."

„Oh ja, gute Idee." „A B C ...", zählte er herunter. „Stopp.", schrie jemand. „N." „Ich sage Nordpolwanderung, Nasebohren mit einem fremden Penis und dumme Festtags-Narren." „Nationalsozialismus, Nashornnase in alle Körperöffnungen stopfen und Nihilisten." „Heute haben wir es aber mit den Nasen." „An der Nase des Mannes erkennt man seinen Johannes. Oder so heißt es doch.", meint sie. Und alle haben gelacht, weil sie beim Versuch die Volkswahrheit auszusprechen beinahe in einem Lachkrampf erstickt wäre. Wir sind high. Natürlich sind wir high. Wir leben unser Studentenleben in dem Sinne, dass wir genau wissen: Leben ohne Schmerz ist undenkbar. Deshalb auch die Drogen und Party, das alles eben. Um den Schmerz zu betäuben. Um ein anderes Leben kennen zu lernen fernab der Prüfungen. Deshalb war meine Geschäftsidee ein Brenner. Jeder suchte eine andere Idee des Lebens, ohne wirklich sein altes Leben zu vernachlässigen. Man ist heutzutage immer darauf angelegt, einen zweiten Plan in der Tasche zu haben. Man will ja nicht auf der Straße landen.

Die Zeiten, als man zusammen Gesellschaftsspiele spielt und Fernsehabende veranstaltet hat, sind vorbei. Heute herrscht Krieg, unausgesprochene Rivalität zwischen mir und meinem Rivalen, meinem Mitbewohner. Daran ist nur das Mädchen schuld. Sie hat mich verzaubert, so sehr, dass das eigene Leben nichts mehr zählt. Ohne sie ist alles unmöglich zu erklären.

In einem anderen Leben, oder zu einem anderen Zeitpunkt hätten wir ein schönes Paar abgegeben. Sie schaffte es immer wieder in meinen Kopf zu schauen und meine Gedanken zu ergründen, das war schwierig in Einklang zu bringen mit meinem Dealerleben. Es hat unsere Beziehung verdorben, daran ist, wenn ich ehrlich sein soll, der Dritte im Bunde nicht mal schuld. Ihn trifft in keiner Hinsicht die Schuld an der unerwiderten, kalten Liebe von mir zu ihr. Mir wird gerade klar: Ich liebte sie zu Beginn nie wirklich. Ich war nur interessiert an dem Gedanken etwas Verbotenes zu naschen. Es ist doch immer so. Verbotenes ist interessanter als frei zugängliches. Es steht schon in der Bibel. Die Geschichte mit dem Apfel und dem Paradies kennt jedes Kind, selbst im Zeitalter des Internets.

Je attraktiver eine Frau, desto weniger hat das Großhirn eines Mannes zu melden. Ich weiß wirklich nicht, wie sie das gemacht hat, aber sie hat es geschafft, dass ich mich ihr offenbare, mich wie eine Zwiebel abschälen lasse und Schicht um Schicht preisgebe. Kurzzeitgedächtnis, Reaktionsvermögen und Entscheidungsstärke vom Mann verschlechtern sich deutlich in der Umgebung einer Frau, dann ist der Mann auf gut deutsch Wachs in den Händen der Frau.

So habe ich immer das schlechte Gewissen gehabt, wenn wir uns am nächsten Morgen bei aufgehender Sonne trennten. Immer wieder war da das Gefühl, ich habe mich seelisch vor ihr entblößt. Das schaffte keine Droge, das schaffte nur sie. Sie hinterließ ein Ungleichgewicht an Offenbarungen, das ich mit jedem Abend ausgleichen wollte.

Ich weiß es noch genau, es ist wie gestern. Einmal drehte sie sich vor dem Sofa um zu mir und schaute nach unten unter den Blicken der Anderen, gab mir ihre zarte Hand, einmal reichte sie mir ihre Hand zum Aufstehen, zum Hochhelfen, während alle Anderen dabei waren und mir kam es so vor als wäre es ein Liebesbeweis.

Denn nur wenn wir alleine waren, war Liebe zugelassen. Es war ein Desaster. Wir glaubten immer, uns sieht dabei niemand. Wenn sich drei Menschen in einem Raum zugleich lieben und Missachten, Verachten bedarf es einer gewissen Schauspielerei. Wir unterhielten uns und tranken, feierten und spaßten miteinander, aber hinter der Fassade wahrer Freundschaft herrschte Hass und Verachtung. Echt waren bei uns wohl nur unsere tiefen hasserfüllten, liebenden Blicke. Jeder im Raum konnte es sehen, selbst unter vierzig Gästen gab es nur uns drei. Man konnte jede Bewegung des Anderen wie einen gemeinsamen Tanz vorhersehen, wir gingen immer im Dreiergespann zusammen auf den Balkon, in die Küche oder zurück ins Wohnzimmer. Niemand von uns wurde alleine gelassen in der Annahme, die anderen Beiden treffen sich und verstärken ihre Beziehung. Niemand vertraute einander mehr.

Ich hatte mir solche Mühe gegeben, alles perfekt zu machen. Ich wartete so lange auf den entscheidenden Abend, an dem der Dritte im Bunde nicht zu Hause war und wir sowieso endlich mal die Wohnung für uns alleine haben würden.

Für niemanden sonst öffnete ich die Wohnungstür. Die üblichen Gäste waren nicht geladen. Ich bereitete alles im Zeichen der Liebe vor. Es sollte dich auf den ersten Blick umhauen. In leere Weinflaschen füllte ich zur Hälfte Wasser und steckte Rosen hinein, Kerzenlicht erhellte das Wohnzimmer und im Badezimmer war das warme Wasser in die Badewanne gefüllt, wartete nur auf dich.

Zum Ende des Abends geschah es. Sie öffnete sich mir vorsichtig wie eine erblühende Rose in hoffnungsvoller Nacht. Eine ganze Ewigkeit habe ich benötigt, um das scheue Reh aus dem kleinen

Wäldchen zu locken und nun kann ich es füttern, es vertraut mir mit den braun, grau, grün blauen Rehaugen ihren wunderschönen Körper an.

Sie bewegt ihre Hand entlang meiner Brust, Hochhäuser hoch bis meine Wange in ihrer blütenhaften Hand ruht, dann drückt sie ihre rosanen Lippen an meine Lippen. Ich rieche und schmecke Kaffee, Zigarettengeruch und Alkohol, doch es riecht gut. Nach zu Hause, nach Weltfrieden.

Wir wälzen uns in den Lacken und schlüpfen dabei aus der beengenden Kleidung. Sie sieht umwerfend aus. Auf ihren weiblichen Rundungen will ich Schlitten fahren wie ein Kind im tiefsten Schnee, ich will meine Spielzeugsoldaten in ihre Berge schicken und sie ficken!

Vorher lasse ich mir noch Zeit, möchte mit meinen Küssen ihren Körper erkunden, von den Waden bis hoch zur Stupsnase. Wir gestalten ein Manifest der Liebe.

Es sind die zärtlichen Berührungen, die den entscheidenden Unterschied machen zwischen bezahltem und normalem Sex. Eine Feuerzangenbowlefrau würde sich nicht die Mühe geben, mich zu streicheln, Küssen ist eh verboten. Die Äderchen am steifen Schwanz blähen sich auf wie ein mit Verwesungsgas gefüllter toter Körper, ich schau nur kurz nach unten auf das Rein-raus-Spiel und bin überwältigt. Einfach deswegen, wegen der Tatsache, dass mein blutendes Glied in das Loch passt und darin komplett verschwindet. Jetzt küsse ich sie und genieße alles.

Wieso ist er nur über die Jahre so krumm geworden? Beim ersten, richtigen Mal war es noch ganz klassisch in einer Schwimmbadumkleidekabine mit meinem besten Freund. Mit zwölf oder dreizehn Jahren machten wir den Packt, er lutscht meinen und ich seinen Penis.

Vielleicht ist das pulsierende Ding wegen der engen Ärsche über die Jahre so krumm geworden. Ich kann auf jeden Fall sagen, so eine bequeme Vagina habe ich schon lange nicht mehr erlebt.

Und weil ich wieder an ihre Fotze denke, die mir als Unterschlupf im Gefühlsgewitter dient, komme ich gleich, stehe am höchsten Punkt des Kilimandscharos, mit meiner Nationalflagge, bereit sie in die Bergspitze zu hauen. Meine Eichel spürt trotz des schützenden Kondoms das warme Kribbeln und kribbelt selbst.

Dabei sollte die Erinnerung an den Penisgeschmack meines besten Freundes aus der Kindheit mir einen kribbelnden Vorsprung verschaffen vor ihrer gemütlichen Behausung, den tanzenden Brüsten und der zum Höhepunkt hin stöhnenden Frau. Es ist auch eine Art Wettbewerb mit dem dritten Mann im Hintergrund, der mich bei jeder Bewegung beobachtet, obwohl er nicht im Raum ist. Es ist, als würde ich ihn ficken, durch sie. Als würde ich ihn aus ihr herausficken.

Ich beschäftige mich mit Fragen wie: „Wird sie uns vergleichen? Mache ich das richtig so? Macht er es anders? Besser womöglich? Und was an ihrem Körper hat er mit seiner Nase abgesucht, was davon schon erkundet, was entdeckt vor mir mit Leidenschaft?"

Ich werde ihn aus ihr herausficken! Ich werde sie von ihm befreien, mit der Kraft meines pulsierenden Gliedes! So stöhnt sie und rollt sich in den Lacken. Danach lagen wir noch lange in den verschwitzten Lacken und unser Herzschlag wurde zu einem Herzschlag, die gegenseitigen liebevollen Berührungen wurden auf unsere Haut zu einer großen Empfindung, die Sterne leuchteten durch das Fenster.

Irgendetwas liegt in der Luft. Oder mit mir stimmt etwas nicht. Alle wirken so gelassen, entspannt. Die Bäume werden von Tag zu Tag grüner und alles beginnt wieder zu sprießen. Die Zeit der Erneuerung ist angebrochen, muss man dann auch gleichzeitig fröhlicher werden? Im Osten geht wieder wie immer die Sonne auf, ab jetzt wird es jeden Morgen ein kleines bisschen Wärmer pro Tag, ist das schon ein Grund zur Freude?

Muss man dann nicht anfangen zu bereuen? Die Versprechen vom Jahreswechsel sind noch immer nicht erfüllt, das Essen auf dem Teller hat sich verdoppelt, die alltägliche Umgangssprache durchtränkt von Schimpfwörtern und die guten Taten lassen auf sich warten. Auf der Welt herrscht noch immer Unterernährung und Krieg. Ist jetzt nicht die Zeit etwas zu verändern? Einmal den älteren Mitbürgern zur Hand gehen bei den schweren Einkaufstüten oder Kindern etwas vorlesen, dass würde uns allen schon gut tun.

Auf meinem Weg zurück vom Einkaufen schaue ich im späten Abend in erleuchtete Fenster und denke mir dazu Geschichten aus. Am Rand des Weges stehen umgeworfene Einkaufswagen zu Hauf an Spielgeräten oder in den Gassen der sich konkurrierenden Supermärkte, die Welt verkommt.

Man wird von vorbeifahrenden Autoscheinwerfern im Gitterraster der Einkaufswagenkonstruktion angeleuchtet und das gleißende Licht wirft sich vor dein Gesicht. Du stehst vor Gericht. Mir scheint die eindringliche Frage ins Gesicht: „Warst du wieder gemein?"

Vorbei an überlaufenden Mülltonnen ziehe ich langsam meine Kreise zurück ins einsame Studentenheim vorbei an Fenster, in denen Familien unter mattgelben Küchenlampen zu Abendbrot essen. Sprache ist eigenartig. Noch am Morgen stotterte ein Baby dem glücklichen Vater die ersten Wörter von Liebe in die Arme und gerade an der Kasse höre ich einen älteren Mann fluchen.

„Scheiße!", meinte er und drehte die Öffnung der ungewollt aufgeplatzten Vogelfutterpackung nach oben. „Nein.", murmelte die Kassiererin witzelnd. „das ist Vogelfutter und keine scheiße!" Er grinst und ist froh für diesen Lacher. Gleich sitzt er nämlich wieder mit seinen Vögeln alleine in seiner Wohnung vor dem Fernseher, vom Universum verlassen. „Wollen sie eine Tüte oder soll ich ihnen eine neue Verpackung besorgen?", fragt die Kassiererin noch freundlich, ich bin dann aber schon verschwunden.

So langsam verstehe ich die Dringlichkeit meines Daseins. Ich muss den Menschen Drogen beschaffen, bereitstellen, um zu fliehen. Um vor der alltäglichen Tristesse zu fliehen. Nicht jeder Tag kann so aufregend sein wie es die Medien darstellen. Damit kommen die wenigsten Menschen zurecht.

Ich habe auf jeden Fall für die einsamen Nachtstunden ausgesorgt. Ich habe mir noch, bevor der Laden schließt, ein paar Weinflaschen besorgt, um den Kummer hinunterzuspülen; dafür stehe ich jeden Abend an der Kasse. Und heute mal zwischen einem alternden Kunden und einer humorvollen Kassiererin. Und in meinem Spielzeugsafe auf dem Schreibtisch ruht noch gutes Gras für kreative Flauten, schließlich will ich die Fenstergeschichten für mich weiterspinnen. Irgendein Spieleentwickler möchte noch eine passende Umgebung für sein neues Spiel, dafür habe ich mich hergegeben. Schließlich brauche ich ehrliches Geld für meine Miete, um den Schein zu wahren.

Heute Morgen, bevor ich dem stolzen Papa mit gesprächsbereitem Kind meine vollkommene Aufmerksamkeit geschenkt habe, musste ich mir eine Sache eingestehen. Es ist eine lächerliche Vorstellung, dass ich mich für eine Frau verändern lasse. Irgendwann gezähmt zu werden, scheint mir unmöglich. Ich sah nämlich so eine Veganerfrau und einen Spießer an ihrer Seite, Handzahm ihr Schoßhündchen geworden.

Ich beobachtete das mir gegenübersitzende Pärchen und stellte erschrocken fest: Das bin ich. Das bin ich, nur ohne Alkoholfahne und ohne das Drogengezitter in den Armen. Mit einer Frau im Arm, die Biofeinkosteinkaufstüten in den Händen haltend.

Sie würde sich sogar für den Erhalt der Quarktierchen mit Leib und Seele einsetzen! Sie würde am Samstagmittag in der Fußgängerzone stehen und laut ausrufen: „Wundert ihr euch nicht auch, wo der Quark herkommt? Überlegt mal! Richtig! Aus süßen, kleinen Quarktierchen mit großen runden flauschigen Augen!"

Auf dem Plakat, dass sie zum Protest hochhält, steht mit großen Buchstaben: „Wir tragen große Schuld." oder auch: „Unser unmenschliches und tierverachtendes, westliches Konsumverhalten ist schuld daran, dass Tiere wie die Quarktierchen für unsere Kinder bald nur noch auf Bildern und Museumszeichnungen zu sehen sind! Tut jetzt etwas dagegen, bevor es zu spät ist! Rettet die Quarktierchen!"

Tuschelten etwas über zukünftiges Leben. Auch sie werden irgendwann abends um sechs unter mattgelben Küchenlampen sitzen und sich Fertiggerichte hineinstopfen. Alleine schon aus Bequemlichkeit, weil der Arbeitstag schlimm war.

Während ich meine zweite Weinflasche öffne zum Abend hin, werden die Beiden im selben Moment einen Streit haben um die häusliche Ordnung und die Arbeitsteilung, werden sich wegen des Geldes in den Haaren liegen, weil einer der Beiden mehr verdient als der Andere und somit von der Hauspflege ausgeschlossen werden will. Die ganze Nacht durch werden sie sich vielleicht in den Haaren liegen wegen der seltener werdenden körperlichen Kontakte und der im Vergleich zum Anfang ihrer Beziehung nun fehlenden Zweisamkeit und Intimität.

Was ich von meinen süchtigen Stammgästen gelernt habe: Sprache ist eine Form von Kommunikation. Sobald man etwas sagt, sagt man gleichzeitig etwas Anderes nicht. Man verschweigt, obwohl man spricht.

Auch wenn sie vielleicht: „ich liebe dich trotzdem...", irgendwo sagen wollen zwischen den Beschimpfungen, so gelingt es nicht. Man kann nur entweder: „Ich hasse dich!" brüllen oder „ich liebe dich trotzdem..." tuscheln. Und die Entscheidung in einem Streit fällt wie von alleine auf das: „Ich hasse dich."

Was für glückliche Familien hinter den beleuchteten Fenstern stecken, was für Geschichten sie alle mit sich tragen, damit werde ich mich nachher in einer abschließenden Drogenfantasie beschäftigen und es als Spielhintergrund programmieren. Das ist allemal besser, als über meine Vergangenheit und meine zusammenbrechende Zukunft nachzudenken. Ich fliehe.

Während eine Prostituierte sich anzieht, denke ich nach. In meinem Leben hatte Sex schon als kleines Kind eine Bedeutung für mich. Schlimm? Nein. Für Sex zu bezahlen ist sowieso nur ehrlich. Ehrlicher als eine Dreiecksbeziehung. Ich stoße eine Wand in meinen Gedanken auf, die auf ewig verschlossen bleiben sollte, ich erinnere mich an damals. Uh, ist das staubig hier. Ich suche in meiner Schreibtischschublade nach etwas, was mich beruhigt und werfe mir Baldriantropfen ein.

Und wenn ich mich jetzt gleich daran erinnere, puhle ich aufgeregt an meinen Fingernägeln herum, so wie immer in letzter Zeit. Ich bin froh eine volle Spritze Hoffnung zur Hand zu haben, voll mit Heroin, um die intensiven Bilder zu ertragen. Sonst würde ich den Trip durch meine Vergangenheit nicht überstehen.

Meine ersten Erfahrungen beruhen auf etwas, was ich bis jetzt noch nicht ganz verstehe. Warum haben wir es gemacht? Was zum Teufel hat uns als Kinder dazu angetrieben? Ich hatte davon gehört wie sich Papa und Mama nackt hinlegen und „schmusen". Ich wusste auch, er steckt ihn bei ihr rein. Das wollte ich einfach einmal ausprobieren, glaube ich jetzt.

Kinder lernen ja gewissermaßen von ihrer Umgebung das Sozialverhalten und ein Miteinander zu entwickeln. Vielleicht habe ich in irgendeiner Nacht zuvor meine Eltern bei irgendetwas Bettakrobatik überrascht.

Es war ein warmer Tag in den Sommerferien, der Wechsel in die zweite Klasse stand an und ich und ein Nachbarsmädchen spielten seit einiger Zeit miteinander. Wir waren Freunde, mehr als Freunde könnte man sagen. An diesem Tag blieben wir in meinem Zimmer, die Tür war verschlossen und die Jalousien am Fenster ließen nur noch durch die winzigen Schlitze die warmen Sonnenstrahlen hinein. Ich habe keine Erinnerung daran wer damit zuerst angefangen hat oder wer sich diese Idee ausgedacht hatte, aber ich war eindeutig der Aktive in dieser Sache!

Ich höre mich noch jetzt durch den mattgelben Nebel des aktuellen Drogentrips damals sagen: „Leg dich hin. Ich will da rein, was ausprobieren." Der achtjährige, jungfräuliche Köper des Nachbarmädchens lag unbekleidet bereitwillig auf meinem Bettbezug, die nackten Beine baumelten vom Bettrand und ich öffnete sie ein wenig. Wir hatten unsere Kleider langsam ausgezogen und den Körper des Anderen untersucht, mit kurzen scheuen Blicken und unseren kleinen Fingern. Dann, als sie auf dem Bett lag, zog ich sie an mich heran und mit meinen Blicken erforschte ich ihren Körper noch einmal genauer. Ich bemerkte wieder die anatomischen Unterschiede, die winzigen Hügelchen und den Schlitz zwischen ihren Schenkeln.

Irgendwie wusste ich, es geht so nicht. Also spielte ich an meinem kleinen Freund herum und scheiterte dennoch beim Versuch ihn zwischen ihre Beine zu stecken. Ich höre sie noch heute sagen: „Es geht nicht. Lass uns aufhören. Ich habe keine Lust mehr. Ich möchte was anderes spielen." Ich ignorierte es.

Mit meinem schlaffen Zipfel strich ich über ihre Schamlippen und suchte den magischen Eingang, dabei stand ich an die Bettkante gepresst, mit forschem Blick. „Irgendwie muss das doch gehen.", sagte ich noch, bis wir beide für einen Moment still wurden, ins Haus lauschten. „Schnell. Schnell. Wieder anziehen. Schnell. Da kommt jemand.", flüsterten wir uns gegenseitig antreibend zu. Wir hörten die üblichen Schritte auf der Treppe und gerieten in Panik. Wenige Augenblicke später hatten wir nur spärliche Kleidung am Körper und wurden ertappt: „Was macht ihr denn da?" Ich schaltete und entgegnete in kindlicher Naivität: „Uns wurde warm." Das war meine erste Freundin und mein erster sexueller Kontakt.

Nach dieser ersten Erfahrung passierte noch viel mehr. Wir bauten uns bei einer Übernachtungsparty eine Höhle aus Sofakissen, Decken und dergleichen und lagen nackt darin, über Jahre kann man fast meinen. Aber auch parallel dazu die Empfindungen zu meinem besten Freund und seinem Körper. Hin und wieder kam es vor, dass wir uns auch zusammen, alle drei hinlegten und auszogen, uns untersuchten und aneinander herumspielten; solche Erinnerungen habe ich. Da ist sie wieder, die teuflische Dreiecksbeziehung. Wie heute. Mit einem Mal bin ich wieder im hier und jetzt, ich setze mir die rettende Spritze und falle in einen Rauschschlaf ohne Träume.

Immer wieder schwirren mir die Fragen durch den Kopf: „Habe ich zu viel gesagt?" Und beim ersten Mal mit ihr: „Habe ich gerade zu viel getan? Hätte ich einen Schritt zurück tun sollen? Hätte ich nicht lieber in ein Auto steigen sollen und die Straße hinunter verschwinden müssen?" Ich wusste ja, sie liebt auch ihn und nun auch mich. Das kann nicht gut ausgehen, dass wusste ich schon damals.

Aber gleich am nächsten Abend war sie wieder bei ihm. Uns blieben von da an nur die nächtlichen Stunden, wenn alle Gäste verschwunden und sie und ich alleine waren. Dann gab es nur uns und niemanden sonst. Ein Schattendasein im verräterischen Licht des Mondes, eine Liebesgeschichte unter den Sternen. Nur dann konnten wir uns lieben. Aber ich wusste es vorher.

Ich habe gewusst, dass er und sie ein Paar sind. Ich wusste was mich erwartet. Zu Anfang war es das ganze Theater aber noch wert. Alle seltenen, nächtlichen Stunden konnten getrost die Zeit aufwiegen, die sie bei ihm in den Armen verbrachte und nicht bei mir. All die Seelenqualen über die täglich einsamen Stunden hinweg konnte ich ertragen, weil ich wusste, in der Nacht sehen wir uns wieder und dann habe ich dich für mich. Heimlich zwar, aber echt und zum Anfassen, leidenschaftlich.

Wenn selbst Baumkronen wie taubehaftete Grasnabeln in den Sternen leuchten und die kleinen wilden Ameisen in Nachtschichten da unten wie soldatenhafte Menschen wirken, solltest du innehalten und die Aussicht genießen. Du solltest dich dann den wichtigen Personen hingeben. Du solltest ihnen tief in die Augen schauen und dich härter anstrengen, versuchen deren Wünsche zu erfüllen.

Auch wenn es nur Diamanten sind für immerwährende Schönheiten. Obwohl sie nie etwas Derartiges von mir wollte, wollte ich sie überraschen, doch ich konnte mir diesen Luxus nicht leisten. Nicht bei dem miserablen Umsatz und den nächtlichen, ausschweifenden Party. Den meisten Anteil von den Lieferungen beanspruchte ich für mich selbst. Sie bekam von mir stattdessen etwas Wertvolleres, meine Liebe und Zuneigung.

Es zerbrach mir auf Dauer das Herz, wenn sie gemeinsam mit ihm aus der abendlichen Runde verschwand und erst in den Mitternachtsstunden wieder zu mir kam, wenn jeder schlief. Ich konnte auf Dauer so nicht leben, wenn nur meine Blicke erwidert wurden. Aber die ersten Wochen war es noch schön. Bei aufgehender Sonne sahst du dann wieder überall Männer wie zu groß geratene Erstklässler mit zu kleinen Rucksäcken auf den pflichtbewussten Rücken zur Arbeit pilgern und wusstest, die Stunden mit ihr kann mir keiner nehmen.

Mein Leben ist scheiße. Es ist so wie Pfeffer auf dem Steak. Zu viel ist nie gut. Genauso ist es mit Alkohol und den Drogen, den Frauen. Zu viel schadet deiner Integrität. Und was tue ich? Ich lache. Mein Tag ist mittlerweile erst dann ein Erfolg, wenn ich aus drei verschiedenen Mündern gesagt bekomme, wie scheiße ich heute denn wieder aussehen würde. Aber nicht, dass ich es exakt darauf anlegen würde, es ist mehr nur so ein unbezahlter Bonus.

Dann habe ich es wieder einmal geschafft, dem spießbürgerlichen Alltag einen Streich zu spielen. Auch wenn es nur durch mein derzeitiges Auftreten und erbärmliches Aussehen machbar gewesen ist. Du siehst aus wie ein Penner, höre ich dann immer.

Gerade war das heilige zweite Mal. Das erste Mal fühlt sich immer noch verletzend an und man nimmt jedes gesprochene Wort ernst, beim zweiten Mal aber hat man sich soweit daran gewöhnt, dass ein leichtes Gefühl der Freude in dir aufsteigt. Die kleine Erregung in deiner Hose wächst, dein Lächeln symbolisiert all das was in der Welt schief geht. Man freut sich schließlich.

Ich lache über mich selbst, Selbstironie, mich selbst nicht so ernst nehmen oder auch puren Sarkasmus an den Tag zu legen, wie es der Fall sein wird, wenn man mich heute das dritte und letzte Mal darauf anspricht, hilft mir diese lächerliche Welt zu ertragen. Wem diese Ehre zuteil wird, das weiß ich noch nicht.

Mich zieht es wieder mal durch die ländliche Gegend Deutschlands auf der Suche nach einem Drogenkontakt. Weite, brach liegende Felder mit Baumresten am Rand und Spraydosenfarbe in den stickigen Unterführungen bei kalter Luft. Nachher wird es noch schneien, ich spüre es im kratzenden Hals. Und all das wird zusammengehalten von einem maroden Staat und seinem Unersetzbarkeitsanspruch bei aufkommendem Sonnenschein.

Heute Morgen noch hing ich mit dem Kopf über der Toilette, heute Abend reiße ich den Staat in zwei ungleich große Stücke. Mit Struppelpeterhaaren am Morgen aufgewacht. Jedes Mal, wenn ein Würgereiz meine Gedärme erfasste, ist es wie ein Erinnern gewesen. Zwar nur wage Formen, aber bei jedem Stückchenbrei eine Lawine von dreckigen Eingebungen.

Der Bärtige mit ausgefranztem Bart und der Hagere mit löchrigen Schuhen prügelten sich im späten Abend in einer dunklen Ecke wohl um ein Stück von der Zeitung.

Da schon wieder, Stückchen vom Essen, halb verdaute Nudeln mit beißender Magensäure. Ich würge erneut und hätte ich das Wort Stückchen in den Mund genommen, es wäre über mich gekommen wie ein Käsegeruch bei Übelkeit. Alles verkrampfte. Wieder so ein Bild, an das ich mich erinnerte: Der Kürbiskopf und die mit den Babywangen ignorierten mich den Abend über. Ich habe es mir mit ihnen versaut.

Gehe weiter am Fluss entlang, den unterbezahlten Studentenhorden entkommend, die wie aufgescheuchte Heuschrecken plündernd durch die Großstädte ziehen, der verwahrloste Santa Klaus sucht unbeirrt nach Pfandflaschen des Lebens. Wird von allen dabei übersehen. Er liebt diesen Rhythmus, wie jeden Abend wird er auch diesen Abend in der Schlange des Getränkezurückgabeautomaten stehen und sich wundern über das viele weggeworfene Geld.

In der Ladenschlange, wo man Flaschenreste gegen Leben eintauscht, findet man neben verfluchten Märchenfiguren, billigen Imitaten von Zwergen und Weihnachtsmännern auch Leute wie mich, die jedem nach dem Leben trachten.

Ich hasse diese Läden und sowieso jeden Menschen. Im Laden hasse ich dann verspielte Mütter mit ihren glücklichen Kindern, denen der lächerliche Sinn und Nutzen dieser Getränkezurückgabegeldherausgabemaschine mit einer anschaulichen Studie erklärt wird. Das verlangsamt den ganzen Prozess um eine gefühlte Ewigkeit, wo ich doch nur dreckiges Geld für billigen Wein brauche. Ich frage mich sowieso, wann werfen sie die Bomben auf uns nieder? Und ich übersehe das Wahre, das Einzige. Mein Scheiß ist am Dampfen.

Nach dem einfachen Motto, der dümmste Bauer erhält die dicksten Brüste, spielt man an einem Tag Geschlechtsverkehrbingo und wundert sich dann am nächsten Tag über Geschlechtskrankheiten. Für das Spiel muss ich zurück in meine Bude, an den Laptop und neue Kontakte knüpfen. Vorher brauche ich aber noch einen dumm aus der Wäsche guckenden Zwerg. Und wo findet man Zwerge?

In der Schlange des Getränkezurückgabeautomaten, mit zerquetschten Flaschen in der Hand. Einen davon muss ich für den Grenzübergang in meinem Badezimmer erwärmen, der kann nicht unbewacht bleiben. Einer der Zwerge wird zusagen, ich weiß es. Die Silberfischchen würden jede unbewachte Chance nutzen und fliehen. Er muss ja nicht wissen, dass ich den letzten Zwerg in meiner Pisse ertränkt habe.

Der letzte Zwerg war gründlich, wollte unbedingt meinen verkommenen Ausweis sehen, meine Aufenthaltsberechtigung, die ich nicht mit mir führe. Wann geht man auch schon mit seinem Ausweis auf die Toilette? Da er in die Mauer gemauert wurde, konnte ich ihn durch das Rüberreichfensterloch ertränken. Er konnte sich ja nicht wehren oder fliehen.

Sobald ich das Internet angemacht habe, springen mir wieder ungefragt Titten und unerwünschte Sprachverunstalter wie "lol" oder "rofl" ins blanke Gesicht.

„Wie alt bist du noch gleich? Zwölf? Deshalb auch dein "rofl"?" Und als Antwort erhalte ich dann sowas wie: „Was spricht deiner Meinung nach gegen eine Verwendung des allgemein bekannten Internetkürzels "rofl"? Außerdem glaube ich nicht, dass ich meine Ausdrucksweise deinen angestaubten Vorstellungen anpassen muss bzw. will."

Und ich dann wieder über das Kommunikationsorgan unserer Zeit: „Vielleicht weil du uns allen damit einen großen Dienst erweisen würdest. Schließlich vergewaltigst du unsere schöne Sprache... diese ganzen, warte wie hast du es noch gleich so treffend ausgedrückt: allgemein bekannten Internetkürzel; wie süß. Sehr süß. Wie auch immer, nimm mich nicht so voll, denn ich bin voll. So lautet eine der bekannten Überlebensstrategien in unserer Welt."

Wo ist da noch die verfluchte Leidenschaft geblieben in unserer Welt? Wenn man schon nackte Titten sieht, ohne danach zu fragen! Wo bleibt da die Leidenschaft, sie zu erobern? Unserer Generation fehlt es an Farbe. Wir erkennen nur noch die klimmende Kraft der 80iger und die prüde Zeit der 90iger, was ist uns da noch geblieben als morgens in der farblosen Kotze aufzuwachen?

Wir vergiften Wein, hauen Schlösser in zwei und in unserem Kopf sehnen wir uns nach einer Zeit, in der alles noch Halt und Boden hatte. Jetzt sind wir im freien Fall, warten auf den Knall und warten auf die Bomben von oben. Die Scheiße ist am Dampfen! Die Welt aus den Fugen! Und ich bin einsam.

Auch wenn ich im Geschlechtsverkehrbingo gewinne und immer der Erste bin am Getränkezurückgabeautomaten. Auf mich wartet niemand zuhause. Ich will dich nur noch einmal küssen mit offenem Haar. Du riechst doch so gut... nach 'eternal sunshine...

Aber du meldest dich seit zwei Tagen nicht mehr bei mir.

Und wenn ich dir schreibe, dann kommen nur kurze Silben und dumme unzusammenhängende Gedankenfetzen an dich heran. Da ist es verständlich, dass du nicht antwortest. Die einzig gute Nachricht für heute ist: Ich habe kein Syphilis!

Sie sagt mir plötzlich: „Ich bin schwanger." und erwartet, dass ich damit umgehen kann. Erwartet von mir logische Reaktionen, die sie alleine nicht geschafft hat. Testet mich und arbeitet an einem verrückten Schema, das nur in ihrem Kopf herrscht, meine Tauglichkeit ab. Aber es ist unfair.

Zu diesem Zeitpunkt ist sie schon durch die Hölle gegangen, ganze zwei Tage war sie nicht zu erreichen und war mit sich selbst alleine, hat vielleicht geweint, gelacht, ins Kissen geschrien und hat vor Verzweiflung und Ratlosigkeit Sachen kaputt geworfen.

Ich aber soll direkt fähig sein damit zu leben. Sie fragt einfach nur kalt: „Was sollen wir jetzt tun?" Und ich soll prompt richtig reagieren, wo sie schon insgeheim eine Entscheidung für uns getroffen hat. Doch einige Zeit nichts von mir, sie wartet auf eine Antwort von mir. Ich bin still schockiert. Mache mir Sorgen, will weinen oder schreien, aber greife nur zur Flasche, meine Gedanken kreisen:

„Ist es von mir? Abtreibung; dieses böse Wort spukt auch irgendwo zwischen den Fragen herum. Bin ich der Vater? Hält es unsere kranke Beziehung aus, sind wir dazu bereit? Wie geht es ihr damit? Ich richte mich nach ihr. Wenn sie es will, will ich auch. Irgendwann wollte ich Kinder, aber jetzt? Hier? Mit ihr? Nein. Eigentlich nicht. Aber, wenn es ein Kind geben wird, werde ich es lieben, soviel steht fest. Ich werde für das Kind da sein, wenn es ein Kind wird. Was will die Mutter? Wie soll ich sie jetzt dazu ansprechen? Was soll ich sagen? Was nicht?" Ich höre nur ihre schimpfende Stimme durch die Gedanken hindurch: „Musst du jetzt trinken?"

Es war schon immer so. Wenn ich ihr etwas gesagt habe, kam ich mir mies vor. Egal was ich ihr erzählte, ob es Geschichten aus meiner Vergangenheit waren oder ich sie für einen Moment in meine Welt gelassen habe, hinterher hatte ich stets ein schlechtes Gewissen. Hat sie es richtig verstanden? War es zu viel? Habe ich ihr meine Schwachstellen offenbart, die ich nicht preisgeben wollte? Bei jedem Gespräch mit ihr ist es so als würde ich Stücke von meiner Seele offenbaren. Darlegen, um von ihr verspeist zu werden. Wenn man so wie ich im Drogengeschäft tätig ist, wird man schließlich ein bisschen paranoid.

Es ist immer eine Art blanke Offenbarung oder unzusammenhängende Ehrlichkeit, die Schmerzen hervorruft, es ist jedes Mal wie eine Demütigung oder Herabstufung meinerseits gegenüber ihr. Ich kann es nicht lassen, geschweige denn etwas dagegen unternehmen. Und genauso ist es jetzt wieder.

Ich frage mich: „Was darf ich jetzt sagen? Was nicht? Zu wie viel muss ich ehrlich sein? Darf ich ehrlich sein und meine Meinung einfließen lassen? Ich schaue nur vor mich hin und denke, wie gemein ist das, dass sie mich hier so angreift!"

Noch ein Schluck und ich habe die perfekte Antwort: „Krass. Das ist ein Kracher." Mehr sage ich nicht. Und mehr will sie offenbar nicht hören, denn nun beginnt ein Gespräch über die aussichtslose Situation einer Schwangerschaft in diesen Tagen und die Folgen der einzelnen Taten. Aber ich bin still. Und zum Ende des Tages ist meine Wohnung wieder voll von Leuten und sie in seinem Arm, nicht an meiner Seite. Er wird ihr über den Bauch streicheln und lächeln und ich werde still schockiert sein.

„Ich werde dich vermissen", heißt es: „Ich schreibe dir einen Brief", weiter in der SMS. Diese wenigen Zeilen brennen wie ausgetretene Glut, sie sind schmerzhaft kühl.

Ich gehe gleich mal zum nächsten Waffenhändler um die Ecke und frage nach einer geladenen Waffe, aber nichts besonders, da ich die Waffe eh nur einmal gebrauchen muss. Wer schreibt sich heutzutage denn noch Briefe? Wer nimmt sich diese lästig anstrengende Zeit?

An einem Montag in der Früh sitze ich vor dem Briefkasten und warte auf Post. Die Welt ist voller Spinner. Da sitze ich zum Beispiel gestern, am Sonntag auf meinen seltenen Drogenkurierfahrten mit AntiFa-Leuten im Zug, die bei einem Bier feiern. Die wohl auf dem Weg nach Hause zu Mutti sind, beim warmen Kakao dann darüber heroisch reden wie sehr sie die Welt heute nur durch ihre Plakate und den Gegenaufmarsch gerettet haben.

Hätte man doch nur damals Gegendemonstrationen gestartet wie heute, dann wäre alles nicht so schlimm gekommen. Damals hatten sie nur keine Eier in der Hose und heute vergewaltigen sie mit ihren geschwollenen Eiern einfache Mädchen. Was ist da schon besser? Ich kann es nicht entscheiden, weil mein Kopf dröhnt. Mir ist der Stoff ausgegangen, mein Laufbursche hatte heute keine Zeit und so musste ich selbst hinaus und die Zugfahrt hinter mich bringen. Die Kontakte in der Heimat warten darauf, dass der Stoff abgeholt wird. So bin ich auch mal wieder nach Hause gefahren zu den Eltern. Ein bisschen Lügen über mein erfolgreiches Studium und meinen lukrativen Programmierjob, dann wollte ich wieder fahren.

Das Gefühl zu Hause ist schwer zu beschreiben. Der Hygienewahn meiner Mutter, alles muss immer sauber und rein sein. „hast du dir die Hände gewaschen?", höre ich als erste Worte, noch bevor ich ein Hallo höre nach der langen Zeit. Dann ist da noch das Geräusch des Knisterns vom abgeschalteten Radio. Man versteckt sich ab fünf Uhr nachmittags hinter zugeschlossenen Haustüren bei abgedunkeltem Licht. Der unfreundliche, weiß gestrichene Hausflur mit angesammeltem Dekorationsschrott muss immer der Jahreszeit entsprechen, ansonsten hängt der Haussegen schief. Weihnachten, Ostern, Sommer, Herbst, Winter, Weihnachten. Nach diesem Rhythmus leben sie in unseren Kleinstädten auf dem Land, weit entfernt von Wassermangel und Hungersnot der Welt.

Nachdem ich mir den Brief aus den feuchten Händen des Postboten geschnappt habe, brauche ich erst einmal eine Abwechslung. Ich sitze vor den aufregendsten Pornoseiten und fange an zu lachen, das erste Mal in meinem Leben lache ich über Sex. Ich kann nicht mehr. Schaue ich mir Unbekannte an beim gewaltigen Rein-raus-Spiel oder irgendwelche intimen Massage-Seiten? Es läuft auf das Gleiche hinaus. Immer wieder sehe ich nur sie. Das ist es aber nicht, dass mich lächeln lässt. Es ist das Gefühl zu kurz zu kommen.

Ich lache als aufrechter Mann vor aufflackernden Bildern über Schusswaffen und gefakter Vergewaltigung, weil, und jetzt bin ich einmal ehrlich zu mir selbst: Weil ich das einsame Schiff am Horizont bin. Niemand liebt mich und ich liebe niemanden. Ich hatte damals nur wildes Fieber. Es war keine Liebe, die ich zu ihr empfand. Ich habe noch nie geliebt. Ich kann gar nicht lieben, es war immer nur wildes, weißes Cocainfieber.

Ich habe gerade geträumt. Von dir geträumt. Deinem Geruch, deiner Zärtlichkeit. Deine Nähe macht mich sonst immer in letzter Zeit verrückt, dieses Mal war deine Umarmung Trost spendend. Beruhigend. Wo vorher Kälte war, bist jetzt du. Und das, obwohl wir mehr als gefühlte hundertfünfzig Kilometer voneinander getrennt sind. Ich würde zu dir rennen, wenn ich nicht am ganzen Körper zittern würde.

Wer umarmt dich? Ich hoffe, du hast jemanden gefunden, der für dich da ist wie du für mich warst. Ich saufe mich nachher wieder in den Schlaf und dann träume ich von dir. Dann träume ich von dir, von deinem Geruch und deiner Zärtlichkeit. Es war die einzige Nacht seit Tagen, die ich durchgeschlafen habe. Danke. Früher oder später werde ich krepieren, aber mit Träumen von dir und unserem Kind.

Der Boden klebt und die Scherben rufen die letzen unausgeschlafenen Nächte wieder wach. Das Glas rutschte mir einfach durch die gelenkigen Finger, ohne dass ich etwas dagegen tun konnte, die Scherben liegen noch immer da wo ich sie zurückgelassen hatte, als Beweis an die Nacht. So weiß ich, es ist passiert. Ich ließ sie liegen und trank weiter, dieses Mal direkt aus der Flasche. Vielleicht, weil ich den Winter mag. Ich schaue immer gerne aus dem Fenster und sehe dann junge Dinger, die sich im Frühling fühlen bei Schnee und bin begeistert über mein kurzes positives Denken.

Ich bin selten begeistert. Ich bin einfach immer öfter machtlos gegen den Parfümgeruch zum Beispiel. Da hilft auch kein Arbeiten für irgendwelche Internetprodukte und wahllose Beleidigungen gegen Menschen ist auf Dauer auch nicht das Wahre.

Ich geh gleich erst einmal einen fettigen Burger essen. Dann komm ich wieder unter Leute. Eines ist mir aber klar geworden: Auch wenn ich dort zwischen zwei Personen sitze, bin ich einsam und verloren. Ich sage lieber: Zum Mitnehmen. Das erspart mir böse Erinnerungen.

Somit denke ich nicht wieder an den anderen Mann in deinem Leben und unser Kind, dass du mit ihm großziehen willst. Vielleicht bestelle ich mir nachher noch eine Frau aufs Zimmer, damit ich nicht alleine schlafen muss. Ich weiß ja, dass die Meisten wie eine Feuerzangenbowle wirken, in die jeder einmal die Kelle stecken kann und sie vielleicht sogar zu heiß für mich ist, aber am Morgen alleine aufzuwachen, bricht mein Herz in zwei schleimige Stücke. Vielleicht arbeite ich deshalb noch in dem Ausbeutermarkt für schöne Feuerzangenbowlefrauen. Für schöne billige Frauen und billigen Fusel. In Träumen warten schöne fremde Städte auf mein unruhiges Herz.

Die beste Zeit meines Lebens hatte ich wohl, als ich mit ihr im Bett lag und ihr beim Träumen zuschauen konnte. Wie konnte das nur so enden? Inmitten meines eigenen Erbrochenen aufwachen, bestohlen von einer unbekannten Nachtbekanntschaft und des Lebens müde.

Wie die Zeit vergeht, man macht nur einmal die erschöpften Augen zu, um sich auszuruhen und alles ist plötzlich anders. Ich hatte alles. In einem Augenblick war ich noch glücklich und jetzt bin ich ein einsamer Mann. Ein ausreichendes Haus, eine schöne Frau und eine verdammt schöne Zukunft; all das ist futsch. Die Traumblase ist geplatzt. Ich habe alles versaut. Irgendwo auf dem Weg hierhin habe ich es so richtig vermasselt. Zwischen den zwei Drinks am Abend und der leeren Flasche am nächsten Morgen habe ich den Absprung nicht mehr geschafft und meine Liebe musste dran glauben.

Ich bin schuld, nicht der andere Mann. Der andere Mann war schon immer da, er hat uns auch nicht gestört im Morgengrauen und auch nicht in den späten Abendstunden, wenn wir uns von allen Anderen weggestohlen haben und zusammen einsam waren. Zum Ende hin habe ich mich verändert. Ich habe den Bezug zu ihr verloren und habe mit ihr gebrochen, als sie dem Dritten im Bunde das Kind unterschieben wollte.

Ich habe meinen Halt verloren. Könnte ich doch nur die Zeit zurückdrehen.

Mit dem Pulver geht es. Mir geht es einen Moment lang wieder gut. Es ist dann immer wie ein kurzes Erinnern an die alte Zeit. Ansonsten fällt mir das Lachen schwer. Die Welt im Haschischnebel zu hassen fällt mir leichter als nüchtern das alltägliche Grau zu sehen und auch noch zu lächeln, dem Grau ins Gesicht zu lächeln. Wenn ich mir einen Schuss setze, ist es immer wie ein weißer flauschiger Himmel inmitten meiner sonst so chaotisch kargen Welt. Deshalb komme ich immer wieder zurück an den friedlichen Ort meiner Erinnerungen.

Ansonsten ist die Welt nicht schön, nur trostlose Gesichter die träumend aus UBahnwagons blicken und die umrankten Häuser, Schatten werfende Bäume in kleinen Baugebieten und der kalte Winter setzen dem Land noch zusätzlich zu, neben dem Bombenkrieg. Es ist nicht mehr das Land in dem ich groß geworden bin. Soviel hat sich zum Schlechten verändert.

Endlich bin ich mal wieder glücklich, steht unsauber mit nassem Finger auf den Bierdeckel gekritzelt in den letzten Stunden des Abends. Die Bedienungen wissen nicht, was es zu bedeuten hat. Ich schon. Fast wie ein Liebesbrief an einen Baum. „Letzte Runde.", wird noch durch die Räume der Bar gerufen und die wenigen Gäste bestellen noch ein Getränk.
Bäume schütteln sich,
die Erde verschüttet mich,
Pflanzen fressen mich,
die Tiere toben,
vorehelicher Beischlaf wird gelobt,
auf meinem Grab.
Ich werde aufgerieben, von den Kräften der Natur,
weil ich mich an den Säften des Himmels laben,
mich selbst vergraben, ….
ich Totgeweihter, wollte!
Ich verbringe den ganzen Tag damit die Facebookwerbung für rote Rosen oder für romantische Grußkarten weg zu klicken, zu disliken und mir Gründe dafür auszudenken sie zu entfernen. Irgendwas zwischen uninteressant, irreführend, sexuell explizit, steht meinen Ansichten entgegen, ist wiederholend oder sonstiges. Wobei ich bei Sonstiges meiner Kreativität freien Lauf lassen kann.
Wäre es nicht so kompliziert diesen scheiß für immer zu deaktivieren, ich hätte es schon längst gemacht. Stattdessen befasse ich mich mit den üblichen Welteroberungsfantasien/Weltmachtsideen. Auf dieser Sozialmedia-Seite findet man Ansammlungen von peinlichen Fotos, über und über schwer zu entfernende Werbung und natürlich dumme Kommentare wie: Ich habe Hunger. Ich will

essen. Ich kann nicht schlafen. Schon wieder Montag. Schon wieder Arbeiten. Ich freue mich einfach über die vielen dummen Leute, die ihr Leben online stellen und mir damit sagen, du hast ein besseres Leben als wir.

Und was tue ich anstelle: Ich bestelle Ketanest S.

Zur allgemeinen Information: Sie ist mein ein und alles. Aber jetzt ist nichts. Wir leben zwar immer noch, mit sanften Basstönen im Hintergrund schmeckt es nur leider nach gar nichts mehr.

„Ich habe einfach Angst, dich nicht mehr zu lieben. Ich habe Angst ihn bald mehr zu lieben als dich.", sie stützt ihren Kopf auf die Handwurzel und starrt in die Ferne. „Das hier geht raus an die, die ich liebte.", würde ich gerne posten und mich dann auskotzen.

Worüber rede ich gerade? Über Sachen. Über nicht viel. Da bin zum Beispiel Ich. Man muss für mich denken, dass stelle ich fest. Man muss gesellschaftskritisch denken, damit ich so fühle wie alle Anderen. Am besten über Auschwitz reden. Jeder Fünfte unter dreißig Jahren kennt Auschwitz nicht. Jeder Fünfte kann mit dem Begriff nichts anfangen. Aber die Masse an sich ist wie eine Schafsherde. Dumme im Kreis laufende Schafe. Das kenne ich nur durchs Theater. Und die Masse kennt kein Theater.

Eigentlich ist alles Theater. Die sieben Kerzen gehen nacheinander aus, werfen ihre vergehenden Schatten auf unsere graue Welt und beenden alles mit einer kurzen Rauchwolke. Ich kannte dich nicht einmal richtig, dabei bist du so besonders. Ich sollte rennen, vor dir wegrennen, um mich in Sicherheit zu bringen. Schließlich bringst du meiner Welt die Finsternis. Du lischst die Kerzen nacheinander aus. Wie soll ich dich da lieben? Und doch sind es deine Lippen, die mich am Valentinstagmorgen steif werden lassen.

Jeder andere Gedanke ist fehl am Platz und taucht trotzdem auf. Das Kerzentheater am Valentinstag handelt von Ohnmacht, Vergewaltigung, davon, wie es ist, wenn dein zwölfjähriges Kind getötet wird, wenn du als menschlicher Schutzschild benutzt, gedemütigt, gefesselt, schwach, ein Opfer bist. Krieg herrscht.

Und trotzdem beende ich meine Gedanken mit Facebookwerbungblocking und deinen zarten Lippen. Du gehörst einfach aus meiner Welt gestrichen für das was du mir angetan hast. Du wolltest doch wissen, was in mir vorgeht; sehe es aber nicht als Liebesbrief am Valentinstag. Das wäre zu viel des Guten. Daran kann ich mich morgen eh nicht mehr erinnern. Für mich ist jeder Tag gleich. Jeder Tag ist bestimmt von der Sehnsucht nach dir. Ich hasse Valentinstag.

Wie kann man von mir erwarten, professionell zu sein, wenn ich mich inmitten eines Schmetterlingskäfigs befinde, befallen von elektrischen Schlangen am Himmel. Ich schalte durch die Sender und entdecke nur erste Weltkriegsdokumentationen.

Ich bin getroffen worden, aus meinen Armen blutet es!

Ich sitze auf einem Sofa zusammengesunken neben einer stoppeligen Katze, die quietscht, sobald man aufhört sie zu streicheln und wehre die Kugeln ab.

Plötzlich stößt die Tür auf, ich schreie um mein Leben vor Angst, vor Angst, vor Bombenangriffen und man wirft mir Chicken Wings vor die Füße. Dabei wollte ich die eigenen Füße nie wieder sehen. Meine Überlegung war: Wenn ich die Füße nicht sehe, können sie mich auch nicht an unvorstellbare Orte tragen. So aber bin ich gefangen mit meinen Füßen. Sie bringen mich an unbekannte Orte. Was kommt als Nächstes? Der Westwind mit totaler Kontrolle über meinen Rausch? „Es sind goldene Nuggets in Süßsauersoße, du Idiot!"

Ich schrei dem Wingsboten noch hinterher: „Hier kannst du nichts parken!", aber ihn interessiert es nicht. Ich müsste mich mal mit ihm darüber unterhalten was für ein mieser Service hier an den Tag gelegt wird! Nur nicht jetzt. Ich bin in einer beknackten Zeitmaschine gelandet, bin wohl im Jahr 1917, zwischen schweren Kanonen und tödlichen Kugeln im Frontgraben.

Die Katze schaut mich verdächtigend an: „Wo ist der Ether? Hast du den ganzen Ether geschluckt?" „Der Hund hat den Papst gefickt!", schreie ich und überschlage jedes Wort im Bocksprung mit dem Nächsten. „Man hört dich auch so, du brauchst mich nicht so anschreien!"

„Lass mich in Ruhe.", denke ich mir und habe mich wohl verlaufen. Wieso ist eine Katze mit mir ins Jahr 1917 gestolpert? Ich muss wieder runter vom Schlachtfeld. Kugeln fliegen um meine vom Feuer berauschten Ohren, die Katze immer an meiner Seite.

„Renn, kleine Made, oder ich stech dich ab!" Die Trillerpfeife erklang zum Angriff, Funken flogen. „Wir werden gewinnen!", wird zwischen den Linien geschrien und meine Kameraden kriechen durch den verdammten Schlamm hinauf zum Sturm auf die Feindeslinie, irgendwann in der Todeszone werden die Maschinengewehre rattern und entweder sterben alle auf dem Feld oder werden sterbend zurückgelassen.

Alles geschah innerhalb von wenigen Minuten, es bröckelte sich auf in Sekunden zum Ende hin. Ich werde angeschrien: „Ich zähle jetzt bis 10! 1, 2, … 8, 9 ganz Viele! Jetzt beweg dich und sterbe mit den Anderen für Ehre und Vaterland!", werde ich angeschrien. Im nächsten Augenblick sitze ich wie tot im Zeitmaschinenfahrstuhl und auf meinem verdammten Sofa, meine schnurrende Katze neben mir. Ich denke noch, Gott sei Dank bin ich raus aus diesem Drama.

Der Chickenwingsbote strumpelt erneut in das Zimmer, diesmal durch eine andere Tür mit einer kleiderhaften Nutte im Arm: „Wir können sie uns teilen, dann wird's billiger!" Die Katze neben mir: „Wir können der Nutte auch vier Finger abhauen." Ganz der Logik hinterher, mit weniger Fingern muss man weniger bezahlen. Dann meldet sich die Nutte selbst zu Wort: „Solltet ihr euch in eurem Alter einer Armee anschließen, werdet ihr sterben!" Natürlich. Aber ist Krieg nicht die Sache von jungen Leuten? Wenn sich die jungen Leute wehren und nicht hingehen, wer geht dann überhaupt zum Krieg hin? Es muss Krieg geben. Es muss immer Krieg geben. Die Alten hatten ihre Kriege und wir die drohende Klimakatastrophe. Alles eine Gefahr, alles auf Kriegsstimmung. Jeder um das bisschen Wasser! Krieg um die Wasservorräte!

„Aber wenn wir nicht in den Krieg ziehen, sterben wir an Kastration!", gibt die Katze noch besserwisserisch von sich. Wir wissen es selbst gut genug, es ist unsere Pflicht als Söhne des Vaterlandes. Wenn wir nicht im Graben sterben, sind wir in den Augen der Gesellschaft Feige. Wir müssen für den Klimaschutz eintreten, sonst werden wir bald an Hitze zu Grunde gehen.

Und in irgendwelchen Kirchen werden winzige Kerzen angezündet für uns. Überall Schimmel und tote Vögel in den Wänden über unseren Köpfen, Vögel mit gebrochenen Genick. Weil wir den Krieg aufgenommen haben.

Ich weiß noch, wie ich auf dem Sofa zusammengesunken bin und plötzlich fand ich mich wieder auf einem Schlachtfeld, in Afghanistan, in Beirut, in Verdun oder im Kopf von mir, beim endlosen Kampf gegen mich selbst. Die eine Seite ist davon überzeugt: Unser Vater starb für unsere Sünden! Die andere Seite brüllt ihr entgegen: Man stirbt nicht, unser Vater lebt in uns weiter! Ich komme langsam zu dem Entschluss, ich bin voll mit Drogen wie eine Kleingeldnutte und sollte für heute von dem elenden Zeug Abstand nehmen, runter kommen, klar kommen auf mein Leben.

Während beide Seiten Kugeln hin und her schicken, entscheide ich: Unser Vater ist nicht gestorben, er lebt in uns weiter. Die Kinder sind Abbilder ihrer Eltern. Und ich entscheide noch: Ich werde mein Kind nicht an irgendeinen Krieg verlieren. Ich werde für mein Kind kämpfen, so wie unsere Väter vor uns auf den

Schlachtfeldern der Welt gekämpft haben! Ich werde ein Vater sein!

Über die Feiertage werden viele Versuche angestellt, unser Verständnis für die Wirklichkeit anzugreifen. Es ist ein jährlich wiederkehrender, gewöhnlich arbeitsfreier Tag mit besonderer Feiertagsruhe und wir versuchen ihn wie immer unbeschadet zu überstehen. Dieses Mal war es Ostern.

Da ist der Glaube des einfachen Volkes an den Rechtsstaat Deutschland, dass jedes Verbrechen geahndet wird. Ich bringe ihn durcheinander durchs Rauchen im Nichtraucherbereich am Bahnhof auf dem Weg nach Hause und komme ungeschoren davon.

Aber auch unsere Generation, die mit Gedankenspielen ans Unsterbliche aufgewachsen sind und mit der gleichen Glaubwürdigkeit und Intimität über Superkräfte und Weltuntergänge philosophieren wie über Doppelhelixstrukturen, Binärverschlüsselungen und Goethes Nachtlied, sind mittlerweile verrückt genug, um eine eigene Auffassung von Wirklichkeit zu definieren. Deshalb müssen wir so aufpassen, wenn wir zum Beispiel mal einen Spaziergang auf den Friedhof tun. Unsere alltägliche Welt des Wissens wird erschüttert durch den Besuch eines begrabenen Verwandten auf dem Friedhof zwischen anderen beschriebenen Steinen und brennenden Kerzen auf Grabtafelbrettern.

Dir wird der Glauben an eine ewige Jugend und die Richtigkeit deiner Wertvorstellungen genommen, nur durch einen Augenblick unter schweren Eichen auf Friedhofserde. Deine Wirklichkeit schwankt.

Mich hat die Erscheinung einer jungen Frau zwischen den ganzen alten Menschen ergriffen. Auf dem Grab stand nur, ich habe später nachgeschaut, einer dieser weit verbreiteten Männernamen und ein Geburtsdatum von vor zwanzig Jahren. Jung gestorben.

Ich schaute einige Male herausfordernd in ihre Richtung, sah sie aber nur in stoischer Arbeitsphase beim Unkraut jäten und Blumen pflanzen. Wenig später aber brach sie in Tränen aus, so sehr, dass man sich beinahe nicht traute hinzugehen und zu trösten. Doch ehe man auch nur einen klaren Gedanken fassen konnte in dieser Hinsicht, zog sie schon ihre Sonnenbrille tief in die Augen, ein Taschentuch an die Nase und mit schnellen schluchzenden Schritten ging sie an mir vorbei, stolperte und rannte fast.

Ich sah ihren Schmerz, ihr Leid und konnte augenblicklich nichts mehr fühlen als Mitleid. Das war mein Osterfest. Dann sind da noch die verbreiteten Vorstellungen des Osterhasen und die kirchlichen Feiertage, der ungebremste Ansturm auf die Geschäfte, weil die Läden bis auf Weiteres abgesperrt haben und das wiederkehrende Fernsehprogramm. Das alles zusammen ist mein Glaube an das Leben. Das ist meine Wirklichkeit über Ostern.

Wenn eine Sache davon nicht zutrifft, würde mein Osteruniversum aus den Angeln fallen – genau das ist dieses Jahr geschehen.

Der Fernseher war in Ploppfolie gehüllt, deine Adern blutunterlaufen und mit Spritzen gespickt, du beobachtest deine Schuhe einander jagen und fragst dich unbeirrt: „Gibt es noch eine wirkliche Welt außerhalb von hier? Eine Welt außerhalb des abgedunkelten Raumes, der aufgefüllten Bar und deinen abgefüllten Freunden?

Oder ist sie schon der Zombieapokalypse zum Opfer gefallen? Dürfen wir endlich auf dem Spielplatz toben wie Kinder, dass nachholen was wir durch stumpfes Studieren der Bücher vergessen haben unter dem Erfolgsdruck unserer Zeit?"

Vor ein paar Tagen hast du dich noch gefreut über eine Auszeit vom Leben, mittlerweile hast du das Verständnis zum Leben verloren. Du sitzt nur im Fernsehsessel und schaust gebannt auf das luftpolsterverschleierte Programm, um zu versuchen zu erkennen, ist es noch mein Land in dem ich groß wurde oder hat sich alles verändert, nur zu Festtagen endgültiger?

Dein Glaube an eine gefestigte Wirklichkeit hat sich über die Feiertage verabschiedet und nun sollst du wieder zurück ins Leben finden, bis zum nächsten Festtag.

Wieso geht es im Leben eigentlich immer um Versöhnung und Entschuldigungen? Ich habe es satt. Für meine Meinung werde ich mich nicht entschuldigen, meine Sprüche meine ich so ernst, wie ich sie sage. Da gehe ich nicht nachher hin und entschuldige mich oder will mich gar mit irgendwem versöhnen, nur weil ich gesagt habe, was nötig war. Das ist Quatsch. Wenn die Menschen keine dummen Sprüche von mir ertragen, dann sollen sie wegbleiben. Ich sage ihnen nur die unschöne Wahrheit ins Gesicht, da sollen sie nicht wegen der offensichtlichen Wahrheiten gekränkt sein. Irgendwer muss es sagen.

Wenn ich es gesagt habe, verlassen sie mich ganz empört. Sie sagen ich wäre verrückt und beleidigend. Ich aber bin der König der Nacht, ich darf alles! Und vorhin sind die Aliens aus dem flackernden Laptopbildschirm gesprungen, mitten in mein Gesicht, zerkratzten es und wühlten mein scheiß unbequemes Bett durcheinander. Ich testete nur die Stabilität der Schwebebalken meiner Realität und wusch, war mein Gesicht zerkratzt und mein Bett durchwühlt von unbekannten Flugobjekten. Und das nur, weil ich einer Feuerzangenbowlefrau sagte, sie sei für ihr Aussehen zu teuer. Das nahm sie mir übel.

Ihr Parfüm fliegt noch durch die Luft wie ein Fremdkörper in diesem Dunst aus Alkohol und Erbrochenem. Der Geruch nach zu Hause und Morgenkaffee von der Mutter meines Kindes verfliegt langsam. Eigentlich war sie ja auch schon lange nicht mehr da. Der Duft wurde langsam durch Feuerzangenbowlefrauen ersetzt. Was habe ich nochmal gesagt, dass sie gegangen ist? Bestimmt irgendeine meiner offensichtlichen Wahrheiten.

Ich habe mich bei ihr gefühlt wie zu Hause, obwohl ich nie ein wahres zu Hause hatte. Ich muss der Wahrheit ins Auge sehen. Die einzige Freude, das natürliche Verlangen nach ihr ist das Einzige was mich wachhält. Am Leben hält. Ansonsten gibt es nur alte Fotos in meinem Kopf und den Geruch der wunderschönen Aliens in meinem verdammten Bett.

Ich vermisse die Portale in andere Welten. Gestern bin ich noch auf einer nach meinem Leben trachtenden Flasche ausgerutscht und habe mich ins Koma gelacht. Bin in meinen eigenen vier Wänden auf meine Fresse geflogen und nun lache ich darüber, dass ich gestern so stark deswegen gelacht habe. Irgendein beschissenes Love-Flirt-Dating-Netzwerk braucht wieder mal eine neue Software und eine zweitklassige Suchmaschine will ein neues Suchmuster für Billigweine, damit sie nicht mehr billig wirken. Ich werde also noch gebraucht, ein bisschen Geld verdienen kann auch nicht schaden.

Ich schreibe also für das Love-Flirt-Dating-Netzwerk ein Suchmuster, das die billigen Kandidaten nicht mehr so billig wirken lässt und dem Wein eine neue Software, vielleicht verbessere ich seinen Geschmacksfaktor. Ich mache es um zu überleben, damit ich mir weiter billige Flaschen leisten kann. Nur das zählt noch im Leben. Ob du deine Flaschen selber bezahlen kannst oder nicht, das ist die einzige Wahrheit nach der man leben muss. Die einzige Wahrheit an diesem Tag. Morgen wird es wieder eine andere Meinung sein, die ich vehement vertreten werde und für die ich Kopf und Kragen riskieren werde.

Vielleicht werde ich mich nachher noch um die Ecke bringen. Ich habe für heute sowieso nichts mehr zu tun. Mein Magen hat die letzten Schlucke der leeren Flaschen noch nicht verdaut und gelber, stinkender Eiter quillt aus meinem Herzen, stört irgendwie mein Programmiererlebnis. Vielleicht brauche ich nur wieder ein bisschen Inspiration? Mal schauen, was ich in meiner Schreibtischschublade finde.

Ich denke mal wieder nur an ihre tiefen Augen. Auch die Alienfilme im flimmernden Fernseher werden dadurch nicht spaßiger, nur authentischer. Ich sehe sie auf einmal in meinen vier Wänden, als wäre sie da und als würden sie mein Gesicht zerkratzen. Ich rieche sie wie schon lange nicht mehr. „Ist es das, was mich am Leben hält?", frage ich mich und haue mir eine Spritze flüssigen Glückes in den Arm.

Worum geht es heutzutage eigentlich noch? Nur noch um Geld verdienen. Das am Leben bleiben zählt letzten Endes. Träume halten dich am Ball. Ich aber will nicht mehr nur träumen vom früheren Leben.

Nackte Models auf Nebelhörnern reiten um die Wette, und Elfen fliegen durch wolkenlose Nächte. Fantastische Träume sind manchmal was Schönes. Gottes Geschenk an die Menschheit, sie lassen den Alltag für ein paar Momente vergessen. Aber das kann ich schon lange nicht mehr. Mein Herz wird durchgewühlt von Sonnenstürmen eines schwarzen Tänzers und blutet gelben Schleim aus allen Öffnungen.

Ich würde jetzt gerne mit irgendwem reden. Vielleicht all die Dinge beichten, die ich getan habe. Absolution erhalten. Jemand, der mir jetzt verzeiht und auf Versöhnung angelegt ist, wäre jetzt die große Sache für mich. Dafür würde ich sogar mein Königreich hergeben, meine Superkräfte als Held verschenken.

Ein Priester! Meine Krone der Nacht für einen Priester. Mein Königreich für einen Priester! Die Gewehrsalben verfolgen mich aus meinem Traum bis in die Gegenwart und schmerzen, das muss ich loswerden. Hinein in mein Gesicht. Und mein Zimmer sieht wieder aus als wäre eine außerirdische Bombe eingeschlagen. Ich möchte mich am liebsten wieder umdrehen und schlafen. Aber das kann ich nicht mehr. Ein Blick auf die Uhr sagt mir, es ist kurz vor drei. Da hilft nichts. Ich bin der Superheld! Ich bin der König der Nacht. Es ist kurz vor drei. Ich bin der kurz-vor-drei-Held! Irgendwo auf der Welt werde ich wieder gebraucht.

Und weil ich es nur zugedröhnt ausgehalten habe die letzten Tage, gehe ich feiern. Wen kümmert es auch, ob ich nüchtern bin oder zugedröhnt? Ich hatte ja noch irgendwo diese Einladung rumfliegen, eine WG-Einweihungsparty. „Schau mich nicht so an als wäre ich der einzige Mensch den du kennst." „Du bist kein Mensch, du bist ein Papagei." Und mit einem Flügelschlag ist er sich seiner Berufung wieder klar geworden. Er krächzt nur noch und wiederholt immer wieder die Worte. Ich bin mir durchaus bewusst, ich rede gerade mit einem Stoffpapagei.
Man wird ja sowieso immer eingeladen. Wenn du der bist, über den jeder redet hast du es geschafft. In der Szene bin ich also berühmt, berüchtigt. Mein Kumpel liegt am Morgen noch bei mir im Bett, schläft seinen Rausch aus und ich schrecke auf dem Sofa zusammen. Scheiße, das Telefon klingelt.
„Guten Morgen.", meine ich. „Ja. Ja. Ja das bin ich. Nein. Nein danke." Einige Sekunden vergehen. Und was, wenn Sie in einigen Tagen ihre Meinung ändern? Wieder vergehen einige Sekunden. „Ja. Dann bin ich wohl gefickt." Danach wieder einige Sekunden Ruhe. Das müssen Sie ja nicht gleich so krass ausdrücken. Ich mache das mal für Sie fertig, dann können Sie es sich die Tage noch einmal angucken. „Verstehen Sie nicht? Ich sagte nein.", und legte auf.
Mein Kumpel ruft widerholend noch im Hintergrund: „Ja. Dann bin ich wohl gefickt.", und lacht. Sagt noch scherzhaft: „Schatz, komm wieder ins Bett.", um die Situation weiter ins lächerliche zu ziehen.

Ich dachte, das ist der perfekte Moment heute. Mehr kann ich nicht verlangen. Die Geschichte ist schon auf der Party, bevor ich auch nur daran denke Wein mitzubringen.

„Pauli möchte später eine Bücherwand, kräh, wie in einer Bibliothek.", krächzt das farbenfrohe Getier. – „Ach, rede doch kein Unsinn. Du kannst gar nicht lesen. Blöder Papagei." Ach, seht euch die beiden schrägen Vögel an, die die Nacht unsicher machen. Ich liege wie betäubt gegen ein Bücherregal und rede im Wahn mit einem Stoffpapagei.

„Wieso soll ich mir noch andere Vögel anschauen, wenn in meinem Herzen nur Platz für einen ganz bestimmten Vogel ist?! – Das wäre Verschwendung." „Du bist es mir schuldig. – Pauli will später einmal eine Bücherwand." „Ach, dummer Vogel. Du bekommst kein Bücherregal, du musst die Härte des Lebens kennenlernen: Die Liebe ist nur ein abgebranntes Streichholz. Je eher du diese Tatsache verstehst, desto schneller wird es dir auch wieder gut gehen." „Du meinst, dir geht es dann wieder besser. Ich bin schließlich du und du bist ich. Heul mir hier nicht so rum, wegen einer Frau, du hast doch mich."

„Ich habe noch nichts in meinem Leben geleistet, ich kann dir leider kein Bücherregal kaufen!", erwidere ich. „Ich mag dich trotzdem.", antwortet das Schnabelding mit bunten Flügeln. Das ist das Schönste, was mir heute jemand gesagt hat.

Ich bin ja der Meinung: Man sollte kein Besäufnis beginnen, wenn man nicht genügend volle Flaschen zu Hause hat. Zum Ende hin endet man bei extremen Mischungen wie Gin Tequila Rum Cola; und diese Mischung lässt alle möglichen tierischen Halluzinationen zu. Aber was sage ich. Vom Beruf aus, bin ich extrem. Die Party ist fast schon vorbei, als ich die Mischung verlange.

Am nächsten Morgen sollte man das Licht dann aber wenigstens auslassen. Nicht nur, dass man im Dunkeln gut munkeln kann, der Anblick ist einfach unverträglich. Man weiß, dass man am Abgrund steht, wenn der abgestandene Mixscheiß vom Abend davor den üblichen Morgenkaffee ersetzt. Gin Tequila Rum Cola wird mein Lieblingsgetränk.

Was habe ich denn noch zu sagen? Wäre ich ein Glatzkopf könnte ich mir nachdenklich über den Kopf streicheln wie über Babyhaut. Aber nicht einmal diese Kleinigkeit schaffe ich.

Gin Tequila,
Rum Cola

heißt mein neuer Herzschlag, in der Nacht friere ich mir die Gliedmaßen ab, kuschel mit einem Papagei und wünsche mir meine Frau als Engel herbei, als könnte ich einen Deal mit dem Weihnachtsmann eingehen, auf LSD Trips sieht man schließlich die Wahrheit. Natürlich war ich auf der Party zuständig für die Drogen, wie immer eigentlich.

Und irgendein besoffenes Stück reichte mir als Bezahlung ein altes Wählscheibentelefon, mit der Begründung: „Hier, irgendwer meinte ich kannst damit den Weihnachtsmann anrufen und mir was wünschen. Ich weiß nur nicht was ich mir wünschen soll."

So wundert es auch niemanden, dass ich am späten Abend auf die Wählscheibe einhämmere und Kontakt herstellen möchte. Santa, es ist zwar noch nicht Weihnachten, aber wie wäre es mit folgendem Deal: Ich bekomme deine Weihnachtsengel und du meine Gliedmaßen.

Aber es ist aussichtslos. Das Telefon ist besetzt, er ist beschäftigt mit anderen Dingen. Ich erreiche niemanden, nur das gefiederte Tier hört mir zu und spendet Trost. Sich in den Schlaf zu weinen scheint mir eine Lösung zu sein. Mit deinem Bild vor meinen Augen und Gedanken daran wie schön schmerzhaft es sein könnte, noch einmal von dir wahrgenommen zu werden, so kann ich nur noch schlafen.

Ich weiß es ist schwer mit mir zu leben. Ich bin schließlich wie ein Kind, das alles auf einmal haben will. Das sich um nichts und alles auf einmal kümmert, zur gleichen Zeit. Aber ich will doch nur ein Bücherregal für meinen Papagei! Kannst du das schaffen, Santa?

Und immer wieder hörte ich ihn, also meinen Mitbewohner, durch die morschen Wände unseres Apartments. Sowas bleibt eben im Gedächtnis haften. Jetzt ist Stille. Er ist meistens in ihrer Wohnung. Sie hat es so begründet, dass unsere Drogenwohngemeinschaft kein passendes Umfeld für ein Kind sei. Da hat sie recht.

Das Leben vieler im Universum verhält sich meist wie ein zerzaustes, verworrenes Wollgarn. Um die Bedeutung und das Wechselspiel der einzelnen Knoten zu verstehen, muss man dieses Spiel der Gezeiten mitspielen, die Knotenmenschen entwirren aus dem jeweiligen Chaos, dass sie direkt oder indirekt betrifft. Ich bin in meine Garngeschichten eingewickelt, dass mir die Luft weg bleibt. Es wird Zeit, die Fadengeschichten um meinen Knotenpunkt zu entwirren.

Mein Garn erwürgt mich. Der Faden ist um meinen Hals gespannt und wird steifer, wenn sie bei ihm ist und ich sie höre, aber nicht berühren kann. Ich bekomme keine Luft und hechel den Asbesttrennwänden entgegen. Sowas bleibt im Gedächtnis als Knoten im Fadengewirr und ist bei mir eingemeißelt in die Gedächtniswand. Schließlich treffen hier drei Fäden aufeinander, die jeweils für sich eine eigene Geschichte erzählen, dadurch einen dicken Faden aufweisen.

Der Hauptfaden, dass bin ich, um den wickeln sich die anderen beiden Fäden. Ich bin ein einfacher Student gewesen. Ein Programmierer der ersten Stunden mit enormem Talent. – Bis ich die Universitätsrechner gehackt hatte, um mehreren Studenten die fehlende Unterrichtsbescheinigungen auszustellen und beim schockierenden Offenlegen des Skandals bin ich von der Universität geflogen. Das ermöglichte mir eine gute Grundlage für mein aufkommendes Drogenhandelgeschäft.

So konnte ich für die unwissende Außenwelt das Leben eines genialen Informatikers durchleben, während ich mich in Wirklichkeit als Dealer durchsetzte und wilde Partys im Studentenwohnheim gab. In dieser Wohnung ist schon so viel Scheiße passiert, dass würde mir nie jemand glauben.

Warum sie bei mir gelandet ist und sich ihr Faden um meinen Hals wickelt, ist nicht so leicht zu beschreiben. Ihre Familienfadengeschichte geht zum Beispiel auf viele Zufälle zurück, die, wenn sie nie passiert wären, für mich ohne Bedeutung wären.

„Wir schreiben heute mal den Frontsoldaten.", kündigte die Lehrerin der Mädchenklasse an. Und darauf folgten einige Briefwechsel, bis sich die junge Oma in ihren jungen Offizier verliebte. Dann folgten mehrere Heimataufenthalte. Es kam der teuflische Krieg bis vor die eigene Tür, bis in die eigenen Städte, zu uns. Einige Jahre Kriegsgefangenschaft für den Opa, der unbedingt mit seinem heldenhaften Bestreben die Mission mit seiner Einheit beenden wollte, der den Russen aber an der Ostfront kapitulierend in die Arme lief.

Er hat laut Erzählungen, und wir wissen alle was Erzählungen mit der eigentlichen Wahrheit anstellen, die zahlreichen LKWs eingetauscht gegen Maulesel und Essen, um der bitterlichen Kälte zu entgehen. Dann kam die Kriegsgefangenschaft, weil sie von den Russen überrannt wurden. Man kann keine Armee aufstellen mit Mauleseln und unterernährten Soldaten.

Und für die, die nichts von der Magie einer drogenversetzen Geschichtenerzählung wissen, denen gebe ich gerne diverse Beispiele über die Verfremdung der eigentlichen Themen. Diese Geschichte hat nämlich keine großen Unterschiede aufzuweisen wie jede andere Geschichte, die ich so erzählt bekommen habe. Schließlich habe ich oft genug miterlebt wie ein Junkie sich aus der eigenen Zahlungsnot heraus erzählen und mir einen Bären aufbinden wollte.

Sie hingegen, die Oma, seine treuliebende Frau, wurde ebenfalls in der Heimat mit dem Feind konfrontiert. Es wird erzählt, und wieder dieses Erzählen, das sie sich mit ihrer Mutter und Schwester im Weinkeller versteckt gehalten haben, als ein Soldat die Stufen herunterschlich mit dem Gewehr im Anschlag. Er sah die drei verängstigten Frauen, die Mutter mit den zwei Kindern und machte Anstalten herunterzukommen, drehte aber auf dem Absatz um. Sein Kamerad kam ihm entgegen, fragte nur militärisch knapp: „Ist jemand da unten?" Darauf der Soldat, mit Blick zurück in den feuchten Keller: „Nein. Keine Gefahr."

Also schon wieder ein Zufall. Hätte die Oma nicht dem Opa an der Front geschrieben, hätte der Soldat nicht so überzeugend gelogen, alles wäre für diese Familiengeschichte anders gelaufen. Hier zu Ende gewesen für mich. Ich wäre nie integriert worden.

So aber konnte sie sich auf meine Drogenpartys schleichen und zur Geliebten von zwei Männern gleichzeitig werden. Dass der Tod der Oma sie mitgenommen hat ist verständlich. Schließlich war die Oma immer schon Beweis für die wahre Liebe und für ein bisschen Mutterersatz eingestanden. Die Oma hat, so erzählt sie heute stolz, sich für ihren Mann aufgeopfert, hat immer geschaut ob es ihrem Mann, ihren Töchtern und ihren Enkeln gut geht, dafür alles hingenommen. Dafür selbst stets zurückgesteckt.

Die eigene Mutter hat sich nach der Trennung von ihrem Mann auf Brautschau begeben und die jüngste Tochter ein bisschen übersehen. Diese stürzte sich nach dem Tod der Oma auf jede Drogenparty, die ich anbot.

Wenn ich die Beiden in Umarmung auf dem Sofa sehe, sehe ich wie er sein klebriges Sperma auf ihren bebenden Körper herausquetscht wie aus einem billigen Cremeseifenspender. So kann es nicht weiter gehen. Ich muss mit ihm darüber sprechen, dass auch ich seine Freundin liebe. Aber sowas passiert eben. Da ist ein Mädchen, zwar vergeben, aber du verliebst dich in sie. Sie ist sich noch unsicher, spielt vielleicht mit der Möglichkeit zwei Männer auf einmal zu haben und genießt die ganze Aufmerksamkeit ohne sich über die Zukunft Gedanken zu machen. Gedanken um die Zukunft machten wir uns sowieso nie.

Aber zu meinem Unwillen endete es in diesem Schwebezustand. Wenn es wieder heißt, du und ich und er spielen wieder mit der Waage des Wirklichen, dann ist das nicht gesund. In einer Dreiecksbeziehung gibt es immer jemanden, der verletzt wird. Und in diesem Fall wurden alle Drei verletzt.

Ich hatte einen verrückten Plan für unser Leben, obwohl ich wusste, dass sie auch ihn hatte, wollte ich ein stink normales Leben nur mit ihr verbringen. Und jetzt ist unser Schwebezustand zerstört durch die Ankunft eines Babys. Es hat das Gleichgewicht durcheinander gebracht. Irgendeine Seite hat zu viel Ballast.

Ich hatte den Plan, dass du und ich bis zum bitteren Ende zusammenhalten und irgendwann vielleicht sogar eine Familie gründen. Ich dachte irgendwann können wir ein normales Leben miteinander leben, aber du hast mir keine Chance gegeben mich zu ändern. Du hast mir nicht beigestanden, um meine inneren Dämonen zu bezwingen und bist mit einem Kind in deinem Unterleib davongeschlichen, zu ihm. Er ist irgendwie immer da, wenn es um dich geht und um mich. Daran wird sich wohl nie etwas ändern.

Die ersten Besuche bei uns in der Drogenhöhle waren von ihr schüchtern. Zurückhaltend. Unsere Wohnung besteht aus einem Badezimmer, einer Küche, einem Balkon und zwei Räumen zur anderweitigen Verwendung. In den beiden Räumen schlafen wir, hier haben wir unsere Zimmer. Beim ersten Besuch von ihr dachte sie, mein Zimmer wäre das Wohnzimmer. Auf der niedrigen Matratze lagen ein paar zugedröhnte Opfer und einige Andere saßen im Sofahalbkreis beisammen und philosophierten über die gerechtfertigten Eingriffe des Staates in unser Leben. Alles hatte den

Anschein, dies ist das Wohnzimmer. Ein großer Fernseher und viele Poster, Unmengen von Bildschirmen auf dem Schreibtisch zum Arbeiten.

Sie scheute sich erst davor, wir haben sie aber auch nicht dazu gedrängt. Es gab keine Regel, die die Anwesenheit nur zugedröhnt erlaubte. Trotzdem wollte sie irgendwann mal etwas testen. Sie war wie ein Kind im Süßigkeitenladen. Wenn man ein Kind täglich im Süßigkeitenladen arbeiten lässt, kommt es wohl mal öfters vor, dass das Kind nascht. Kollateralschäden.

Natürlich ist es so, dass man nach einem Zuckerschock erst einmal nicht mehr nascht. Das liegt in der Natur des Menschen. Wenn man sich als Kind an einer heißen Kochplatte verbrennt, wird man erst einmal nicht noch einmal dahin fassen. So war es auch bei ihr. Einmal und nie wieder.

Wenn man ein Kind die Süßigkeitenzufuhr nicht entzieht, würde es naschen bis zum Zuckerschock. So auch mit ihr. Sie übertrieb es beim ersten Mal. Ich fragte mich sowieso, was will sie von Anfang an bei uns? Und ich erhielt alsbald die Antwort. Sie liebte ihn. Und mich irgendwann auch. Die Drogen waren bei ihr nur eine Fluchtmöglichkeit – Einmalig.

Sie hatte aus Erzählungen der Straße davon gehört und wollte auch einmal vorbeikommen. Ihr Freund, mein Mitbewohner, eigentlich ein spießiger Typ, ließ sie gewähren und nahm sie mit. Vorher wusste ich von ihr als seine Freundin, mittlerweile ist sie meine Geliebte und seine Verlobte. Direkt nach Bekanntgabe der Schwangerschaft verlobte er sich mit ihr. Ich frage mich jetzt, wie konnte sie nur? Was war ich für sie? Nur eine verbotene Frucht? Ein Spielzeug? Eine verbotene Süßigkeit? War ich nur die betrunkene Alternative, der Clown mit der Weinflasche zur Unterhaltung, wenn sie genug von ihm hatte?

Große Reklamesachen hängen an den verfallenden Häuserwänden und versprechen blinkend eine bessere Welt. Ich gehe die leere Straße entlang im Schnee und lasse rote Flecken hinter mir, als Blutspuren im Weltensand. Die Welt ist mal wieder so wunderschön in Puderzucker eingepackt. Das Wetter entspricht zwar nicht dem Monat, aber der April macht wirklich was er will. Heute Morgen noch schien die Sonne, mit wenig Regen zwischendurch und jetzt liegt eine feine Schneedecke auf der Welt.

Im Nirvana lässt sich gut trinken und feiern… ich packe es hier nicht mehr, es ist zu kalt für einen nächtlichen Spaziergang. Ich werde noch verrückt.

Ständig auf der Suche nach einen Schalter, der den Scheiß lauter stellt. Eine Droge finden, die das Leben zurückspulen kann. So ein Leben ist auf Dauer anstrengend. Auslaugend. Nur noch einmal! Eine neue Chance mit ihr! Was würde ich dafür geben. Ich würde alles anders machen, versprochen. Ich habe aus meinen Fehlern gelernt, versprochen.

Ich streife meine nassen Schuhe im Eingang ab und werfe die Jacke aufs unordentliche Bett. Der Wein wird meine Kopfschmerzen lindern. Ich habe von den bösen Gedanken Kopfschmerzen bekommen. Ein Nirvana für Jeden. Im Nirvana lässt sich gut feiern. Das Nirvana als Lösung all unserer weltlichen Probleme. Ich setze mich und bis zum nächsten Morgen leere ich drei Flaschen Wein und werde mich für Augenblicke nicht mehr erinnern können. Eine kleine Erleichterung.

Am nächsten Morgen wache ich auf und überall in meiner Wohnung liegt dieser Schmutz. Dreck, Staub und alles, alles muss weg. Bevor ich nicht mehr kann. Wenn ich an meine Wohnung denke, sehe ich die vielen Spinnenweben und Spinnenopfer. Ich sehe die Scherbenhaufen von vergangenen Tagen und vergesse dabei beinahe das dreckige Geschirr, was sich in der Küche stapelt. Bevor der seltene Fall eintrifft, bevor ich aufgebe, bevor ich verrückt werde, bevor ich mir einen Schuss setze, bevor die leeren Flaschen wieder schreien, bevor die Welt mich erdrückt, muss ich alles sauber haben. Ich muss es weg machen. Keine Zeit für lange Denkspiele. Aufräumen. Die Flaschen zusammensuchen und in einen Sack packen, runter zum Altglascontäner bringen und natürlich Geschirr spülen und verdammt nochmal das Bett machen. Das Bad ist auch noch dreckig.

Erst dann kann ich für heute in Ruhe schlafen. Ich muss das Badezimmer noch auf Hochglanz putzen, damit niemand denkt, ich sei unordentlich. Niemand soll hinterher schlecht über mich reden. Ich will den besten Eindruck hinterlassen, den ich noch erreichen kann. Ich will sauber sein. Nachher ist wieder volles Haus. Während jetzt alle in die Bücher starren oder sich mit wilden Zeichnungen ihre Zeit vertreiben, putze ich meistens eben schnell die Wohnung.

Ich habe mir schon zu oft anhören müssen, ich sei zu fett. Mit Kajal und zu viel Lippenstift, kaugummikauend meckerte mich die Mutter am Esstisch an, wenn ich nach noch einem Löffel Nudeln fragte. Und in der Schule wurde ich gehänselt. Du bist dumm, stinkst und deine Mutter zieht dich komisch an. Das sind die alten Tage, meine Kindheit versuche ich zu verdrängen. Ich versuche zu verdrängen, dass mein Vater gestorben ist und meine Mutter eine Schreckschraube ist.

Der Schnee der letzten Stunden hat diese Erinnerungen begraben wie das Laub des vergangenen Herbstes die toten Tiere begraben werden, die hoch kommen, wenn der leichte Schnee geschmolzen ist. Es stinkt in meiner Wohnung nach toten Tieren. So viele Drogen kann ich mir gar nicht leisten, dass ich sie vergessen könnte.

Alles fing bei mir als einfacher unersättlicher Kunde an. Du bestellst eine Menge, die du unmöglich alleine verbrauchen kannst, weil du ein nimmer satt bist und die Leute, neben deinem Kontakt auch seine Kontakte werden neugierig, wollen dich sprechen.

So bin ich hineingeschlittert in diese Szene. Das Gespräch endet mit der Aussicht auf mehr Profit, solltest du den Beutel unter die Leute bringen können. Von da an gibt es immer ein kurzes Treffen vor dem Bahnhofsgebäude eines Hinterwäldlerstädtchens mit einer filmreifen Übergabe nach einem kurzen Spaziergang in einer dunklen Ecke, dann besteigst du den Zug zurück in die Studentenstadt und musst das Zeug nur noch verkaufen. Die Wolken ziehen am Zugfenster vorbei und du hast für umgerechnet zweihundert Euro Gras im Beutel deiner Reisetasche.

Mit dieser lächerlichen Summe hat es begonnen. Die Leute denken von mir, ich bezahle mein Studium mit großen Programmieraufträgen von großen Firmen, weil ich ja zu Hause in meiner Bude sitze, aber ich bin schlicht und einfach immer stoned, auf Drogen.

Wer an der Quelle sitzt, genießt auch viele Vorteile. Mittlerweile habe ich meinen eigenen Laufburschen, der die Mengenbestellungen abholt und zu mir bringt. Innerhalb von Deutschland ist alles nicht so streng. Da erwartet dich keine große Kontrolle. Du musst nur die Fussballwochenenden auslassen, schon wird dich kein Polizist kontrollieren.

Ich bin nur noch ein gut verdienender Verkäufer. Ich habe mir einen Namen in der Umgebung gemacht. Und da ich in einer Studentenstadt tätig bin, habe ich einen immensen Umsatz. Die wollen sich nach getaner Arbeit doch auch nur zudröhnen. Aber das ist als Familienvater nicht mehr möglich. Ich muss mich ändern, um Verantwortung zu übernehmen, muss ich clean werden.

Vom ersten Moment an war unsere Wohnung ein Pilgerort für alle Heimatlosen. Für diejenigen, die verzweifelt nach einer Antwort im Leben suchten und mit der schnelllebigen Welt nicht mehr klar kamen. Sie wollten wissen, wie das Leben so sein kann und was das Leben alles so bietet, fernab der Computersitzecken der Universität. Wir waren zuständig für eine außergewöhnliche Nacht, wir baten den jungen Menschen eine interessante Möglichkeit zu leben an. Das nutzten natürlich auch viele. Somit waren wir schnell bekannt.

Nun heißt es für mich, runter kommen von der Droge. Die Drogen aus meinem Körper verbannen. Wenn ich das geschafft habe, so denke ich, kann ich auch wieder Kontakt zu ihr herstellen. Ich muss nur die ersten vierundzwanzig Stunden überstehen, dann sollte das alles kein Problem werden. Das schlimmste daran wird sein, ich bin ein Drogendealer von Beruf und heute Abend wird die Bude wieder voll sein von Leuten. Morgen fange ich dann an mit dem Entzug.

Die ersten vierundzwanzig Stunden des Entzugs waren eine Qual. Ich habe mir auch den falschen Tag dafür ausgesucht. Mein Kumpel fliegt morgen in Richtung Russland für mehrere Wochen und gibt heute eine Abschiedsparty. Was mache ich? Ich sage ab und liege mit Krämpfen im Bett. Kann nichts essen, kann mich nicht rühren und möchte am liebsten Schlaftabletten einwerfen. Einfach den Entzug wegschlafen.

Aber, und das weiß ich von etlichen Erzählungen, der Schlaf macht den Entzug nicht einfacher. Er verschlimmert, verleitet dich womöglich mit Albträumen und Vorstellungen an eine bessere Zukunft. Die Entzugsträume sind manipulativ, wollen dich in die Knie zwingen und zermürben. Was musst du beim Entzug beachten? Es gibt einfache Regeln für einen eigens hausdurchgeführten Entzug:

„1. Stelle jegliche Kommunikation zur Außenwelt ab.
2. Mach dir keine großen Hoffnungen, dass es schnell und schmerzlos an dir vorüber zieht.
3. Leg dich in dein Bett, bereite dir den Weg zum Klo.

4. Iss was gesundes, etwas trockenes oder magenfüllendes wie Zwieback, auch wenn du die erste Zeit keine Nahrung aufnehmen kannst.

5. Schaff alle Drogen aus dem Haus.

6. Trink viel Wasser.

7. Zigaretten sind keine Drogen.

8. Habe einen Freund, der ab und zu nach dir sieht.

Soweit so gut. Die ersten vierundzwanzig Stunden sind die glorreichsten, die schmerzhaftesten und allumfassendsten Stunden deines Lebens. Du wirst diese Zeit nie wieder vergessen, sie werden sich in deine Gelenke, in dein Knochenmark eingravieren und jeder Schmerz, jede Qual die du später einmal spüren könntest, wird eine Schramme am Unterarm sein im Vergleich dazu. Du verfluchst die Welt, du verfluchst dich, du verfluchst zum Ende hin sogar die Droge selbst. Deshalb:

9. Befreie dein Haushalt von jeder Substanz oder jedem Hilfsmittel, mit dem du dir den Leben nehmen kannst. Zum Schluss musst du dir immer wieder vorhalten, immer wieder aufsagen und ins Gedächtnis rufen, wofür du diese Höllenqualen auf dich nimmst. Also:

10. Erinnere dich jederzeit daran, warum du den Entzug machst.

11. Damit es klappt, brauchst du einen triftigen Grund, habe einen triftigen Grund stets vor deinen Augen!

Ich wache auf und bin ein Anderer.

Meine Erinnerungen an die letzten achtundvierzig Stunden sind verschwommen. Trüb. Aber ich erinnere mich. Es fühlte sich alles anders, abgedrehter an. Ich kann es nicht explizit beschreiben, aber selbst meine Zunge weiß nicht wohin sie gehört. Ich fange bei den kleinen Dingen an. Ich gehe mit meiner Zunge von vorne entlang, an den dünnen Zahnreihen der Schneidezähne bis zu den prächtigen Weisheitszähnen entlang und zum Gaumen, alles innerhalb weniger Augenblicke und in ewiger Unsicherheit, wohin gehört meine Zunge eigentlich?

Wo habe ich sie sonst immer? Meine Arme zittern, ich schwitze wie ein Schwein vor dem Schlachthaus und habe unruhige Beine. Mein Bauch zieht sich vor Schmerzen zusammen. Mein eigenes Atemgeräusch kotzt mich an, meine unruhigen Hände gehen durch die Bartstoppel oder abwechselnd greifen sie in den verkrampften Magen, an den Bart oder durch meine Haare.

Mein Nacken ist verspannt, mein Rücken genervt vom ewigen Liegen auf der weichen Matratze, zum Ende hin schaffst du nicht einmal mehr den Weg zur Toilette, dein Bett ist durchnässt von Schweiß. Dir ist es auch relativ egal. Du schleppst dich nirgendwo mehr hin, deine Zunge findet keinen Platz mehr im Mund.

Das ist da Schlimmste gerade. Im Entzug werden große Dinge klein und kleine Dinge werden zu Großen. Demnach beschäftigt dich dein Gebiss, die Position der Zähne und dem Ruhepunkt der Zunge im Mund am Meisten. Das ist das größte Problem für dich.

Du bist genervt und willst nur noch einschlafen. Mit den Nerven am Ende würdest du jetzt alles schlucken, damit es endet. Überlegst sogar dir die verdammte Zunge herauszuschneiden. Und zwar, weil sie gerade so gar nicht in den Mund passt.

Wo du dir sonst nie Gedanken drüber gemacht hast, erscheint jetzt alles unumgänglich wichtig. Jetzt heißt es erst einmal, aufstehen und duschen. Dann das Bett neu beziehen und sich vor Erschöpfung wieder schlafen legen. Es kommt mir vor als würde ich seit Wochen zum ersten Mal schlafen können.

Einige Tage später

Es kribbelt noch immer in meinen Fingerspitzen, wenn ich morgens nach einer unruhigen Nacht aufwache. Dann denke ich noch daran. Ich denke immer daran. Es ist wie eine Insel der Furcht, tief in meinen Gedanken gibt es sie noch, eingesperrt in eine Kiste und es kratzt am Schloss. Lockt mit Rufen. Flüstert mir entgegen: „Es war doch so schön mit mir." „Wir hatten doch so viel Spaß."

Ich kenne auch keinen, der jemals für immer den Absprung geschafft hat. Entweder weicht man sein ganzes Leben davor aus, nimmt eine Ersatzdroge, um zu fliehen oder man kämpft sein ganzes Leben damit. Man flieht den Rest des Lebens davor, ohne wirkliche Erfolge zu verbuchen. Ohne einen normalen Umgang damit zu finden.

Mittlerweile arbeite ich aber in einer Firma, an einem echten Schreibtisch. Es reichte, dass sie meinen Namen hörten und ich wurde eingestellt. Schließlich bin ich in meiner Studentenstadt eine Berühmtheit. In diesen Kreisen nicht wegen der Drogen, sondern wegen des Programmierens. Nicht jeder wird von der Universität geworfen, weil er durch das Universitätssicherheitssystem gebrochen ist und die Prüfungsämtereinträge geändert hat.

Zwischenzeitlich arbeitete ich auch an einem richtigen Schreibtisch, aber damit verdient man kein richtiges Geld. Immer nur Praktika und dergleichen waren nicht vereinbar mit den Geldproblemen, die ich durch die Sicherheitsverletzung und die anschließende Klage hatte. Das alleine trieb mich fast direkt ins Drogengeschäft. Aber jetzt soll Schluss damit sein. Für eine Zukunft mit ihr und meinem Kind.

Ich schlage morgens die Regionalzeitung vom einundzwanzigsten Januar auf und lese: „[…] Gestern riefen Nachbarn die Polizei, weil sie das ältere Ehepaar über mehrere Tage hinweg nicht mehr gesehen haben. Weil der Sohn auf Anfragen widersprüchliche Angaben machte, untersuchte die Polizei den Fall genauer. Die Beamten wurden stutzig und untersuchten das Grundstück – bis sie im Schuppen auf die Leichenteile stießen. Der ehemalige Philosophiestudent soll seine Eltern im Streit um seine Zukunft getötet haben. Um die Leichen der 60-jährigen Frau und ihres 67 Jahre alten Ehemannes verschwinden zu lassen, soll er sie zerstückelt haben.

Das Motiv für die Taten liegt laut Staatsanwaltschaft im familiären Bereich: Es habe offensichtlich Meinungsverschiedenheiten über den weiteren beruflichen Werdegang des Sohnes gegeben, schilderte der Sprecher.

Nachdem das Einzelkind die Leichenteile zerstückelt hatte, wollte er die Leichen beseitigen. Dafür zerstückelte er sie dem Bericht zufolge mit einer elektrischen Kettensäge und versuchte die Überreste zu verbrennen. Den Keller des Einfamilienhauses hatte er extra mit Plastikfolie präpariert. Nach ungeschützten Angaben habe der Elternmörder die Tat bereits gestanden und befindet sich nun in psychiatrischer Behandlung. […]"

Wer ist denn zu so etwas fähig? Das hat ja schon biblische Ausmaße angenommen. Seine Eltern auf so bestialische Art und Weise zu ermorden ist grausam, seine Eltern zu morden im Allgemeinen. Ich schlage die Zeitung direkt wieder zu, ich kann so etwas heute nicht gebrauchen. Noch mehr davon und ich werde rückfällig. Eine Kleinigkeit reicht schon, um mich aus der Bahn zu werfen, da muss ich mich nicht noch selbst in Gefahr bringen. Wieso lese ich auch Zeitung? Da steht doch nur das übliche Morden drin.

Scheiße, Mann! Was ist aus dem Versprechen geworden nicht mehr zu trinken? Du bist gerade aufgewacht und alles dreht sich. Ich erinnere mich an einige Gefühle, Eindrücke. Aber sonst nichts. An Gesichter oder besser an ihre Umrissen, ich wurde zwischenzeitlich getragen.

Ich höre Kinder weinen. Warte. Ist das wieder ein Traum oder bin ich schon längst wach? Bitte lass es ein Traum sein. Denn den ganzen Scheiß, den ich verzapft habe kann doch in Wirklichkeit keiner ertragen. Warte. Ich wurde getragen? Woher kommen eigentlich die Rückenschmerzen? Und der Dreck an meinen Händen, woher kommt der? Ich bin wohl in den Dreck gefallen.

Es passiert gerade etwas und dann wieder nichts. Du hast kurz Bilder von gestern vor dir, die in deinem Kopf aufleuchten und Überdruck erzeugen und dann bist du wieder hier und fühlst dich beschissen. Musst realisieren was Traum und Wirklichkeit ist. Da war zum Beispiel diese Frau gestern, jedenfalls glaube ich, dass da eine Frau war.

Ich näherte mich einer Musikgruppe, an der sich schon eine Menschentraube gebildet hat. Eine Frau singt und ein Mann mit Bauch für zwei spielt Gitarre. Da sitzt dann die zerfallene Frau und singt sporadisch, schaut sonst nur auf die Noten und schaut auf seine Grifffinger. Ich möchte sie jetzt noch schütteln und rühren, anschreien, wachrütteln und fragen: „Was willst du hier? Was zum Teufel machst du hier? Wieso schaust du nur? Wieso singst du nur? Was soll das hier?" Irgendwie ist der Wunsch in mir drin, sie anzuschreien.

Eigentlich ist die Musik gar nicht so schlecht, man hörte heraus wie beide um die Verbindung zu unserer Wirklichkeit kämpfen müssen, sonst den Bezug zum Alltag verloren haben und man hörte ihr Leben auf der Straße heraus. Du stehst apathisch da und betrachtest sie nur, mit kahlem Kopf und eingefallenen Augen sitzt sie auf einem kleinen Kissen. Bewunderst ihre Musik, möchtest aber sonst keinen Kontakt mit ihnen. „don't let me be misunderstood" spielen sie gerade und nach jedem Refrain eine kleine Muntermonika Einlage.

Vielleicht hatte ich auch nur Angst, weil ich mich zum Teil in ihnen wieder erkenne. Vielleicht möchten beide nur nicht alleine sein und sind froh um die Gelegenheit zusammen einsam in der Musik zu sein. Gerne würde ich sie nur auf ihre engelsgleiche, stockende Stimme reduzieren. Aber das wäre ihr nicht gerecht. Da ist noch was, dass mein Interesse geweckt hat. Sie ist nicht der

Typ Mensch der anderen Drogensüchtigen den Rücken leckt, nur um den letzten Rest Stoff abzubekommen. Dass das Leben sie gezeichnet hat, scheint aber so sicher wie die Unfreiheit in China. Ihre herausstechenden Wangenknochen sind Beweise für Unterernährung und falschem Drogenkonsum. Ihre zerstochenen, frei einzusehenden Arme erinnern an ein Mosaikgemälde einer betrunkenen Mücke und die verwaschenen Klamotten sind schon seit dreißig Jahren aus der Mode. Ich wollte mehr erkennen. Ich wollte hinter ihre Fassade blicken, all ihr Leid erfahren, ihre Tiefe ergründen. Ich frage mich unweigerlich, bin ich daran schuld? Habe ich ihr und ihrem Freund Drogen verkauft? Denn das kann ich.

Das seltsame Duo kannst du dir auch gut in einem rauchigen irischen Kellerpub vorstellen, in der einen Hand ein Guinness und mit der anderen Dartpfeile werfend.

Das wirkt doch wie eine andere Welt. Wie längst vergangen. Warte. Bin ich gerade wieder eingeschlafen? Ich werde sentimental. Wer war eigentlich dieser verrückte Kerl, der zu später Stunde von mir Drogen gekauft und dafür Weisheiten bekommen hat? Ein Blick auf die Uhr und ich starre kurz. Erst 15:00 Uhr. Ist der Tag irgendwann mal vorbei und ich wieder klar im Kopf?

Meine Hände zittern, aber das ist mittlerweile schon normal. Ich könnte aufstehen und duschen. Nach einer Dusche geht es immer besser. Wie eine rituelle Reinigung. Ich denke von einem Moment in den Anderen. Das ist gerade mein Motto. Sonst zerfalle ich. Sonst platzt mein Kopf an Überdruck.

Ich spüre es in der angespannten Brust, in den Armen und an den Augen. Da ist zwar kein Schmerz, aber Leiden. Als ich ein Kind war, ging es mir nie gut. Jetzt, im Vergleich, habe ich stärkeres Fieber. Wie gerne ich immer sage: Das ist das überdrehteste Leben, dass ich jemals hatte. Ich fühle mich betäubt. Das ist gut so. Ich bin auf der Flucht. Auch das ist gut. Ich renne. Renne vor mir und meinen Fehlern weg.

Wer will auch mit mir zusammen leben? Ich bin ein Trottel, ein Unmensch und sowieso immer unausstehlich ichbezogen. Bin ich gerade wieder eingedöst? Ein Blick auf die Uhr sagt 15:03. Wo war ich gerade? Was sind das für Bänder und Stempel am Arm? Erinnerungsfetzen kommen zurück, als sie mich einfach durch gewunken haben, Betrunkene sind schließlich gut fürs Geschäft. Sie haben mir einfach mein Geld aus der Hand genommen und einen Stempel auf die Hand gedrückt.

Der Türsteher von meiner Stammbar „25" meinte nur zum Ende des Abends: „Wo warst du denn heute überall?" Und fragte noch: „Soll ich dir ein Taxi rufen?" So bin ich also nach Hause gekommen. Aber ich erinnere mich nicht an eine Taxifahrt.

Es tut gut sich zu erinnern. Eine Universitätsparty mit Hipstern. Da bin ich früh wieder weg. Ich konnte es nicht ertragen wie sie mich anschauen, bin momentan sehr sentimental, sensibel was das angeht.

Irgendwo zwischendurch war das Gespräch mit einem alten Mann, ich glaube in der UBahn: „Jaja. Jung müsste man nochmal sein. Vielleicht sieht man sich heute Abend an der Theke? Ich sage immer… wissen Sie? Überlegen Sie doch mal, was ist das wahre Leben? Das hier am Morgen oder das später am Abend in den Kneipen der Welt? Ich sage immer: An der Bar sind die Menschen ehrlich. Man erkennt da ihre wahre Seele."

Das war aber gar nicht am Abend zwischen irgendwelchen Bars. Das war noch am Morgen. Deshalb war es auch so grell. Was für unerhörte Begebenheiten an diesem Abend! Ich merke gerade, ich habe meine Hose falsch herum angezogen. Ich geh erst einmal duschen und dann wieder in mein Bett. Morgen muss ich wieder raus, zur Arbeit.

Der Wecker klingelt am Morgen und ich wache unter Schmerzen auf. Ich stehe senkrecht im Bett. Gleich wieder arbeiten. Der übliche IT Kram. Ich habe noch eine halbe Stunde Zeit, dann muss ich los. Also wie immer: Ich stelle den Kaffee an, gehe in der Zwischenzeit duschen und mich anziehen, mir ein Brot schmieren und meinen Kaffee genießen.

Es klingelt. Es ist die lang erwartete Lieferung, um meine erschöpften Vorräte aufzufüllen. Eigentlich habe ich keine Zeit mehr. Ich komme schon zu spät. Aber der Lieferjunge ist ungeduldig, will den Stoff loswerden und sein Geld bekommen. Ich lasse ihn also herein und hole das Geld. Ich zähle flüchtig die Lieferung durch. Soundso viel Gramm Gras, soundso viel Haschisch und eine Menge Heroin, und Koks. Wenn man sich dazu entscheidet eine Drogensammlung anzulegen, wird man extrem. Dieser berühmte Fernsehspruch hallt gerade in meinem Kopf und zwingt mich zu einem Lächeln. Ich gebe dem Lieferjungen das nötige Geld und verabschiede ihn.

Ich komme zu spät. Da kann ich nichts machen. Aber ich entscheide mich dazu, es noch einmal zu wiegen, genauer. Dafür muss noch Zeit sein. Ich nehme den großen Beutel Gras, denke mir noch: Gras ist kein Betrug. Gras ist keine Droge.

Die anderen Beutel flüstern mir entgegen: „Es war doch so schön mit mir." „Wir hatten doch so viel Spaß." Die Stimmen haben recht. Jetzt komme ich eine halbe Stunde zu spät. Ich ertrage es nicht mehr ohne. Das Gras gewogen und nun das Haschisch.

Einmal kann ja nicht schaden, denke ich mir. Das ich wieder trinke hat mir auch nicht geschadet. Es ist so viel, wer soll das denn auch einnehmen, sich spritzen, schlucken oder rauchen? So viele Arme gibt es gar nicht auf der Welt, so viele Süchtige kenne ich nicht. Jetzt komme ich schon vierzig Minuten zu spät.

„Beeilung! Spritz dir was und hau ab.", höre ich eine Stimme flüstern. „Natürlich", entgegne ich und mache schnell, will mich beeilen, lege routiniert die Nadel und bekomme schon beim

Durchstechen der Haut den üblichen Kick mit Hochs und Tiefs. Es kribbelt.

Auf der Arbeit. Ich sei zwei Stunden zu spät, höre ich sie sagen. Ich höre sie sprechen, schnell Wörter aneinanderreihen und verstehe trotzdem nichts. Ich soll irgendwas machen und irgendwas danach machen, wie jeden Tag bekomme ich meine Aufgaben und dennoch werde ich heute nichts machen. Ich nicke nur und nicke ihre Wörter ab.

Mein Arm juckt, als hätte ich auf einmal eine ausgeprägte Allergie gegen Spritzen. Mein Arm wird rot und juckt vor erneutem Verlangen. Wenn du in ein Brennnesselnest gefallen bist, juckt es auch erst nur ein wenig und wenn du kratzt, wird es schlimmer. Je mehr man kratzt an einer Stelle, desto mehr juckt es. Und mit den Drogen ist es genauso. Kein anderer Gedanke beherrscht meinen Kopf außer: Spritz dir was, konzentrier dich auf die Möglichkeiten: Wo kann ich mir einen ruhigen Ort suchen und spritzen? Wenn man einmal dem Verlangen nachgegeben hat, ist es wieder erstarkt und beherrscht dich ungefragt. Es juckt nach Verlangen.

Dritte Geschichte

Gefängnisausbruch – Die Sicht des Mörders

Alles singen, Pfeifen, Lärmen ist verboten. Die Gefangenen müssen sich des Morgens auf das Zeichen zum Aufstehen sofort erheben, das Lager ordnen, sich waschen, kämmen, die Kleider reinigen und sich ankleiden. Seife ist in ausreichender Menge vorhanden.

Morgens um fünf Uhr dreißig aufstehen, sechs Uhr Aufschluss, es geht raus, Morgenkostempfang, Arbeitszeit, Freistunde, Mittag. Gemästet wird man hier nicht. Und um sechs Uhr werden wir wieder eingeschlossen. Was soll man da auch mit dem Tag anfangen?

Mein erster Tag im Gefängnis begann mit der üblichen Einführung. Es ist fast so schlimm wie der erste Tag in der Schule oder der erste Kindergartenbesuch. Man wird gemustert von den Anderen, schließlich begibst du dich in eine gefestigte Struktur. Du wirst beliebäugelt, du wirst eingeschätzt und kategorisiert. Der erste Eindruck, nachdem du in einem kleinen Beizimmer auf versteckte Gegenstände untersucht wirst und deine Habe weggesperrt wird, du dafür unterzeichnen musst, du die übliche Gefängniskleidung bekommst, ist entscheidend.

Der erste Moment, als ich die Zelle betrat, war entscheidend für die zukünftige Zellenstruktur. Tom, der älteste Gefängnisinsasse, im echten Leben da draußen ein Mann mit dreifädigem Anzug auf seiner Haut aus Marmor, fragte nur: „Und, weswegen sitzt du?"

Es war wie eine klare Aussage: „Weswegen sitzt du?" impliziert im Gefängnis sowas wie: „Wer bist du? Wo kommst du her? Was hast du gemacht? Was wirst du machen?"

Und ich, da ich keine Ahnung hatte von irgendetwas, schwieg erst einmal. Dann kam er langsam auf mich zu, zeigte auf ein Doppelbettgestell und roch einmal an mir: „Du schläft da unten. Ich will keinen Mörder in meiner Nähe. Ich möchte nichts mit dir zu tun haben."

„Woher…?", brauchte ich nur zu fragen und er ergänzte noch einmal, bevor er für den Rest meines Gefängnisaufenthaltes schwieg: „Der Tod riecht. Er riecht speziell, eine Mischung aus Zyankali und Blumenduft am Morgen. Über und über ist der Geruch auf deinem Körper verstreut, festgefressen. Du dünstest es förmlich aus. Blut, Rost, Schießpulver, verbranntes Fleisch und Aas. Mit dir will ich nichts zu tun haben. Der Tod schmeckt grau, verlockend nach Krankenhäusern und Friedhofserde, ich weiß wie anziehend es sein kann. Ich kenne Menschen, die nie wieder von diesem Erlebnis runter gekommen sind, deshalb bleib mir fern. Ich möchte nichts mit dir zu tun haben."

Des Vetters Angst holt mich ein. Er umkreist mich und schlingt mit seinen kalten Fingern nach mir. Ich weiß es. Kein Wahnsinn kann eingeschüchtert werden durch die Wände und Gitterstäbe einer Zelle, er bekommt dich zu fassen auch in Sicherheitsverwahrung und Gefängnisaufenthalt. Der Wahnsinn macht vor nichts halt. Eine recht große Zelle, die ich mir mit drei anderen Kerlen teilen muss. Zwei Mörder und ein Vergewaltiger mit kranker Psyche. Je länger ich hier mit dem psychotischen Vergewaltiger eingesperrt bin, desto verständlicher wird er mir. Ich verstehe ihn langsam, jedenfalls mehr als die anderen Beiden, die nur aus blinder Wut heraus mordeten, oder für ein paar Groschen irgendwo einbrachen.
Der stotternd gehemmte Vergewaltiger hat sich nur durch seine Taten rechtfertigen wollen vor der Gesellschaft, beweisen, so sagt er uns immer wieder. Behaupten wäre das bessere Wort, schließ-

lich ist er sonst nie zum Schuss gekommen. Dieses eine Mal wollte er auch jemand sein, nicht immer nur runtergeputzt werden durch seine Stotterei. Aus dem einen Mal sind dann vier, fünf in der Woche geworden. Er konnte es nicht mehr kontrollieren.

Natürlich wurde er verhaftet und weggesperrt.

Nur durch diese Taten hatte er wohl die Möglichkeit menschliche Intimität zu spüren. Ich will hier gar nicht versuchen ihn zu verteidigen vor einem imaginären Moralgericht, ich will auch gar nicht lange an ihm herumdoktern, aber eines sage ich noch zu ihm betreffend:

Etwas muss verdammt nochmal schief gelaufen sein in seiner Kindheit und Erziehung, dass er so abdrehen konnte. Die Welt ist aber auch nicht fair mich mit diesen drei Verbrechern wegzusperren. Jedes Mal, wenn der Stotterer vor sich hin atmet, denkt man daran wie er sonst immer lange atmet, um zu sprechen. Du achtest auf ihn, weil du erwartest er spricht gleich, stottert wieder vor sich hin. Aber er atmet nur.

Jedes Mal, wenn der Stotterer einen Gedanken in verständliche Worte umsetzen will, holt er vorher einmal tief Luft, dass du bei jedem normalen Atmen denken magst: „Was will der Stotterer schon wieder von dir?" Das ist mit der Zeit verdammt lästig, immer ist man gespannt wie ein Flitzebogen, ob er etwas sagen will oder nicht. Und das Zuhören und verstehen wollen geht an die Nieren und die Leber, versucht er lange Worte zu benutzen. Blätteransammlungen, Zukunftssicher, Gefängniswärter, Zeitvertreibspielerrein.

Eine komische Angewohnheit zusammenhängende Wörter zu benutzen, wenn man so verdammt stark stottert wie er es tut. Übrigens nur ein Grund weswegen ich durchdrehe. Da sind noch die abartig entstellten Füße von Bob, die immer dreckig verschlissen von der Bettkante herunterhängen in meinen Etageausblick hinein. Dazu muss man sagen, ich sehe noch dazu seine abgeknipsten

Fußnägel aus der oberen Koje des Etagenbettes quer durch den Raum fliegen, wenn die Wärter wieder mal angeordnet haben: „Bob schneid dir deine Fußnägel!" Von selbst kommt er da nicht drauf. Von selbst ist es ihm egal.

Der Stotterer kommentiert solche widerlichen Ausschreitungen mit formellen Worten der Geringschätzung und Angewidertheit. Ungehobelt, unpassend oder abstoßend, das sind die leichter auszusprechenden Worte bei ihm. Die Tatsache, dass der alte Tom sich mittlerweile zu nichts mehr äußert ist recht angenehm. Er spricht einfach nicht mehr. Hat sich bei meinem Gefängniseinzug dazu entschlossen. Damit hätte ich meine Kerkergenossen beisammen. Mehr brauche ich auch nicht, diese drei Vögel sind schon genug.

Aber ich finde, einen wortschatzeloquenten Stotterer in seiner Zelle zu wissen, an seiner Seite Tag und Nacht reicht wirklich. Einen dicklich unterbelichteten Bob und den alten Tom, Tag und Nacht. Das ist die Kirschee auf dem Eisbecher.

Ein gewisses Zeitgefühl habe ich mir durch die rhythmischen Tageseinschnitte bewahrt, auch wenn ich es nur als lächerlichen Versuch abtun kann. Meine Unterlagen sind alle voller Fehler. Jeder würde, nur mit Wasser und Brot versorgt, in einem ewigen Rhythmus von pünktlich einsetzenden Peitschenschlägen die Fähigkeit verlieren das Datum anhand seiner kümmerlichen Aufzeichnungen exakt bestimmen zu können.

Irgendwann habe ich mich einfach verzählt. Tag um Tag muss sich der Fehler in meinen Notizen fortgesetzt haben, denn bei den jüngsten Aufzeichnungen, die ich durchgesehen habe, ist mir kein Fehler aufgefallen. Wenn ich den Fehler noch finde, könnte ich meine Liste nachträglich verbessern, ausbessern. Es sieht mir gar nicht ähnlich einen so fundamentalen Fehler zu begehen, mich verzählt zu haben. Ich bin doch sonst so gewissenhaft in jeder Angewohnheit. Aber es muss ein Fehler meinerseits gewesen sein,

ich muss mich verzählt haben. Anders kann ich es mir nicht vorstellen.

Meine Aufzeichnungen. Ein Wort ist schließlich ein Wort und
keine Gesellschaftskritik. Was sind also meine Worte wert? Wer
hört einem Gefängnisinsassen zu, wer glaubt mir schon? Ich werde mit der Zeit nur wahnsinnig wegen meiner Zellengenossen,
dass ich mir selbst beinahe nicht mehr über dem Weg trauen darf.
Ich meine, wieso schreibe ich alle meine Gedanken auf?
Nach einem ereignislosen Tag verfalle ich in eine reumütige
Stimmung der Dokumentation, denn etwas anderes kann man
gerade sowieso nicht tun in dieser Lage. Dann schreibt man halt
über seinen Zellengenossen der an der Flasche nuckelt wie an
Mutters Zitze und nach dem Absetzen ein genüsslich perverses
„Ach!" von sich gibt, erleichtert und zutiefst befriedigt. Es stört
mich, es ist widerlich und lässt alle Haare zu Berge stehen bei mir.
Eine andere Sache sind die wilden Zellendiskussionen. Am besten
über Themen von denen sie beide, also der wild gestikulierende
Stotterer und der schwerfällige Bob, keine Ahnung haben. Ich
vergleiche es immer gerne mit den Bauern von nebenan, Schweinehirten, die den Hühnerbauern am Gartenzaun belehren, ankeifen
wegen der schlechten Eier seiner Hühner. Als könne er etwas
dafür, dass die Eier hin und wieder hart und manchmal zu weich
sind am Frühstückstisch. Aber die Schweinehirten wissen es einfach besser. Dass sie sich nicht mit der Kochkunst eines rohen
Eies auskennen ist nicht ihr vorrangiges Problem, sie sind sich
sicher, dass es an den Eierausbrütungsvorgängen liegen muss.
Dass sie keine Ahnung vom Hühnerhüten und Eierausbrüten haben ist leider nicht das Schlimmste an ihren besserwisserischen
Belehrungen, die Lautstärke und die standhafte Überzeugung von
sich selbst als das Allwissende, das ist das Schlimmste an ihren

Diskussionen. Manchmal versuche ich schlichtend einzuschreiten, aber vergeblich.

„Wenn du mal wenigstens versuchen würdest bei Debatten deine eigene Meinung rüber zu bringen ohne den Gegenüber verbal anzugreifen, es zeugt nämlich von wenig Debattiervermögen, wenig Ausgeglichenheit bei dir bei euren Themen. Es ist immer, als würdest du jede Meinung deines Gegenübers persönlich nehmen. Als wäre jedes Thema deine Herzensangelegenheit. Ein schlechter Charakterzug, dieser Neid und das Unvermögen zum Eingeständnis der eigenen Schwächen, wie ich finde. Dann lieber dafür Andere verbal auf dem untersten Niveau anzugreifen und die Lautstärke der eigenen Stimme unerträglich werden zu lassen, als an sich selbst zu arbeiten und auch mal andere Meinungen zu akzeptieren, wie?", sage ich dann immer schlichtend zum Stotterer, der eigentlich über solchen Sachen stehen sollte, alleine schon, weil er sich selbst ja immer über alles stellt und von sich selbst so überzeugt scheint. Bob und der Stotterer sind grausam. Ihre Themen, von denen sie beide so wenig Ahnung haben wie Schweinebauern von Hühnerhaltung, werden von Tag zu Tag spezieller und damit für sie beide unverständlicher.

Etwas anderes findet man im Gefangenenalltag nicht, dass es wert wäre darüber zu schreiben. Wenn mir eine andere Ablenkung einfällt, werde ich den Stift nicht mehr in die Hand nehmen, ich schwöre. Nur diese drei Versager in meiner Umgebung zu beobachten ist schließlich schrecklich. Sollte irgendwer die Annahme vertreten, es würde mir Freude bereiten, dann sind diese Menschen auf dem sogenannten Holzweg.

Zum Beispiel dann, wenn es mitten in der Nacht laut raschelt und knistert, man erwacht mit scheußlichen Gedanken an knabbernde Ratten, die dir übers Bettzeug huschen, man erblickt aber stattdessen erschrocken angeekelt durch die Nacht hindurch wie sich das Bettlaken des Zellengenossen bewegt, er sich unter keuchenden

Lauten beglückt. Widerlicher als pestverseuchte Ratten auf deinem friedlich träumenden Gesicht.

Wie schön hatte mein Leben begonnen. Bauernhof mit Anrecht auf das Füttern der Tiere und sowieso gab es genug Tiere zu versorgen, genug zu streicheln für Dreitausend Hände und eine malerische Natur. Die vermisse ich am Meisten.

Vögel singen, die Blumen und die harmonischen Jahreswechsel auf dem Lande. Es ist diese romantische Ferne, dieses paradiesische Bild von meiner Heimat was ich mir über die Jahre im Gefängnis aufgebaut habe, wonach ich mich am Meisten sehne.

Ich selbst scheitere beim Gedanken daran, jeder kann in meine Notizbücher gucke. Jeder von sich aus findet schließlich einen anderen Weg mit dem Verlust des eigenen Stolzes, der unfreiwilligen Freiheitseinbüße und der grausamen Verurteilung zu Recht zu kommen. Der einfachste Weg wäre das Eingeständnis des Verbrechens, die offenkundig wahrhaftige Reue und das lächerliche Bitten um Verzeihung bei deinen Opfern. Ich schreibe, Stotterer träumt von seinen unrechtmäßigen Spielereien jeden Abend um drei und vergnügt sich. Er und der Andere suchen sich noch zusätzlich täglich neue für mich schwer zu ertragende Gesprächsthemen.

Der dickliche Bob hat sich ganz zur Unfreude meinerseits die neue Beschäftigung gemacht, seine unsauber abgeschnittenen Fußnägel zu sammeln. Tom, der alte debile Tom findet es wohl lustig, sein Bett und alle anderen Bett zum Festungsbau einzusetzen wie ein jünglicher Architekt mit vollgeschissenen Windeln um die Beine.

Weil man im Gefängnis immer irgendwie auch auf Angriff getrimmt ist und eine Attacke von hinten jederzeit denkbar ist, sollte man keine zu persönlichen Informationen preisgeben im Gespräch mit deinen Mithäftlingen. Man sollte sich auch Verbündete suchen, zumindest einen.

Obwohl der Stotterer, Tom und der mürrisch ungepflegte Bob ihre Verhaftungshintergründe freizügig mit mir geteilt haben, heißt das noch lange nicht, ich muss es ihnen gleich tun und auch nur eine wahre Geschichte über mich erzählen. Ich lüge durchweg. Dem einen erzähle ich zum Beispiel unter vier Augen, ich wäre wegen schwerem Bankraub hier. Dem nächsten erzähle ich, ich bin auf Bewährung hochgenommen worden. Und einem anderen beichte ich, ich sitze wegen Gotteslästerung. Wenn ich auch sage: ich bin ein Landkind, kann das auch heißen: Ich komme aus einer Groß-stadt.

Aufgewachsen bin ich in einer kubanischen Großstadt mit Rum-brauereien als einziger Hauptarbeitgeber in der Stadt. Destillen über Destillen. Kubanischer Rum hat übrigens kein besonderes Rezept, der Fusel ist geprägt von der berühmten Lebensart und unserer Kultur. Für Staatsbesuche gibt es Handverlesen die besten Flaschen unserer Destillen überreicht von Fidel Castro persönlich. Sehr interessant, und überaus köstlich. Was ich den Wissbegieri-gen verraten kann zum Geheimnis des Rumbrauprozesses in Ku-ba: „Es ist ein Mischprozess." Rum wird gemischt aus mehreren Sorten und Jahrgängen, das Verhältnis macht den guten Jahrgang. Meine Familie ist dann irgendwann ausgewandert.

Hier fing dann der Stress für mich an. Mit kleinen Diebställen, mit unwichtigen Delikten erst, dann ins professionelle Geschäft. Ich fand aufgrund meiner kubanischen Wurzeln keinen Halt bei dem trüben Wetter.

Ach, bin ich froh, wenn das Missverständnis meines weiterhin unfreiwilligen Gefängnisaufenthaltes geklärt ist und ich wieder einen guten Tropfen Fusel zwischen die Beißer bekomme, ihn die trockene Kehle hinunterschütten kann, ohne dafür vorerst gesetz-widrige Berge im flachlandigen Gefängnisbetrieb versetzen zu müssen. Wenn ich draußen auf einen von hier drin treffe, werde ich auf diese unnütze Zeit anstoßen können und lachen.

Aber bis dahin bin ich Gast dieses schäbigen Dings und Zellengenosse von dreien würdigen Vertretern der sieben Totsünden. Wollust von unserem kleinen perversen Stotterer, die dämliche Faulheit personifiziert in unserem stinkenden Riesen Bob und der schweigsame Tom und seine unermessliche Gier. Nun, in der Zelle den Gang runter befinden sich drei weitere Gestalten. Ich selbst habe sie noch nicht gesehen, aber man sagt, sie seien die personifizierten Abbilder unserer Schande und Sünden, unserer menschlichen Leiden und Verlockungen. Der Zorn, die Völlerei und der Neid. Aber über sie weiß ich nicht so viel wie über Bob, Tom oder den Stotterer. Man hört sie nur in der Nacht streiten wie man uns womöglich auch hört.

Was im Übrigen der Stotterer angestellt hat, habe ich ja schon angerissen und ich möchte bei diesem Thema auch gerne oberflächlich bleiben, denn ich bin der Einzige, der über diese Sache Bescheid weiß. Sollte es publik werden, verliere ich meinen eloquenten Wortverwalter zwar berechtigter Weise an eine Bande verbrecherischer Gefängnisinsassen, die alle große Freunde der brutalen Selbstjustiz sind, aber das wäre doch irgendwie schade. Irgendwer muss mir doch den Rücken freihalten, wenn es brenzlig wird. Ich sage nur so viel, um meine Notizen zu ergänzen: Sex mit Kindern.

Aber ich habe ja noch die anderen Beiden, um mir meine Zeit sinnvoll zu vertreiben, berichte ich einfach ausführlicher über sie:

Bei Tom ist man sich sicher, man spricht viel miteinander über die eigene Vergangenheit. Er hat die Dummheit begangen zu gierig zu sein. Bei seinem aller ersten Coup raubte er zwei Banken in derselben Straße am selben Tag direkt hintereinander aus, so hat es bei ihm angefangen. Da kann nur das unersättliche Weib der Gier gesprochen haben: „Nimm dir mehr!"

Bob war der einzige Bankräuber in der Geschichte der Bankräuber, der im Tresorraum eingeschlafen ist und von seinen Mittätern liegen gelassen wurde. Komplett hollywoodreifer Beutezug, durchgeplant mit gegrabenem Tunnel in der Nacht zum Banktresor, beim Geldverladen ist Bob für ein kleines Nickerchen auf einem Teil der Beute eingeschlafen. Für die Richter in beiden Fällen eine klare Entscheidung, die jahrelangen Wiederholungstäter ab in den Knast zu anderen Spinnern. Ich bleibe bei meiner Geschichte immer noch wage und unehrlich. Die Wahrheit ist auch langweilig genug.

Deshalb eine der Versionen, weswegen ich einsitze: Ich habe gemordet. Ich bin ein Elternmörder.

Beim Morgenapell auf dem Außengelände stehen die Halunken wieder in Reihe und Glied. So gesittet wie man es von einer Horde Schwerverbrecher und Kleinkrimineller erwarten kann. Nirgends sonst, nicht mal beim Gang zur Essensausgabe, noch beim Duschen benehmen sie sich. Man sagt, die Gefängnisse sind der dreckige Spiegel der Gesellschaft. Wenn ich an die Szenen bei der Essensausgabe denke oder an die regelmäßigen Duschtermine, denke ich daran.

Nun, die Ausschreitungen bei der Essenszeit haben in letzter Zeit solche Ausmaße angenommen, dass sie uns nun schon das Essen auf die Zelle bringen. Man hatte keine Lust mehrere Tode zu den Aktenbergen zu legen wegen so etwas alltäglich einsetzendem wie den Mahlzeiten, seit dem wird es uns in Zellen serviert. Köstliches klares Wasser dazu, natürlich das wohl trockenste Brot in den nächsten hundert Kilometer, verziert mit einem Hauch von Schimmel und alles vorzüglich auf den appetitlichen Zellenboden drapiert. Welch ein Festmahl für uns Todgeweihte. Da frage ich mich, wie kann der faule Bob so dermaßen stämmig bleiben bei diesem Fraß?

Das Bett knarrt von Tag zu Tag mehr und ächzt mit jedem Balken vor Erschöpfung. Es ist fast so, als könne er mit seiner knubbeligen Narbennase jedes essbare Staubkorn ausfindig machen. Welch ein Talent. Da wir nur alle paar Wochen eine Dusche erhalten ist es umso bemerkenswerter. Wir stinken nach der ungerechten, unmenschlichen Behandlung, so stark wie eine Horde eingesperrter ungewaschener Halunken nun mal stinkt und das, wo doch jeder Zweite seine Unschuld beteuert und die eigene Mutter erdrosseln würde, um seine dreckigen Hände reinzuwaschen.

Wir treten demnach nur noch zu besonderen Anlässen als mörderisch aufgeladenes Pulverfass in Erscheinung an die frische Luft als teuflischer Haufen. Ich frage mich, unweigerlich, was für ein Anlass?

Mit der einfachen Frage: „Welcher Anlass?" habe ich gleich die komplette Stimmung auf dem Platz beschrieben, als der Gefängniswärter hervortritt und die Reihen entlang schreitet, nachdenklich sieht er über sein Brillengestell hinweg und mustert Einzelne, steht jedem Gefangenen die Frage ins Gesicht geschrieben.

Ich denke wenig hoffnungsvoll: „Vielleicht haben sie ihren Kalenderirrtum bemerkt und suchen die Reihen nach mir ab, wollen mich mit einer Entschuldigung vor der gesamten Mannschaft endlich raus lassen." Natürlich sage ich nur immer wieder sehr leise: „Du wirst nicht entlassen. Du wirst nicht entlassen; nicht für dieses Verbrechen."

Ich sage es mir, um mich zu beruhigen, um mich auf den Moment seelisch vorzubereiten, wo es dann heißt: „Sie da, vortreten zur Exekution!" Damit ich dann nicht zu enttäuscht bin. Ich habe aus meinem bisherigen Leben gelernt. Hochmut kommt vor dem Fall.

Ich sage mir mit wenig Selbstüberzeugung die Worte, um mich vorzubereiten: „DU WIRST NICHT ENTLASSEN." Sie klingen aber irgendwie nicht unmäßig überzeugt. Das ist auch gut so. Ich habe die Hoffnung noch nicht aufgegeben. Und das ist auch gut so. Mein Recht auf Freiheit aus den Augen zu verlieren, würde unmenschliche Züge annehmen! Ich bin nervös.

So ist es dann auch gekommen wie ich es mir eingeredet habe. Ich sitze noch immer in dieser schäbigen Zelle mit drei Verbrechern und musste den Vormittag in Wind und Regen verbringen, nur weil ein neuer Wärter seinen Einstand feierte. Glückwunsch von mir an den Wärter, noch ein Mensch der zwischen mir und meiner gerechten Freiheit steht!

Da ich es nicht mehr aushalte, habe ich mit Ausbruchsplänen begonnen. Den Zustand des gegenwärtigen Gefangenseins nehme ich für den Zeitraum bis zum Ende meines Lebens nicht mehr hin. Weil die Gefängnisleitung ihren Fehler in der Buchhaltung nicht mehr revidieren will, greife ich zu verbotenen Mitteln; zum ersten Mal in meinem Leben.

Einen längeren Aufenthalt nehme ich nicht mehr hin. Dagegen steht meine Würde als Mensch, und die Würde des Menschen sollte doch in jedem verfluchten Land, selbst auf diesem verfluchten Stückchen Land akzeptiert werden. Oder irre ich mich hier auch wieder? Offenbaren mir meine Aufzeichnungen wieder einen anderen Blickpunkt auf die Dinge, einen Anderen, einen wie er wirklich ist?! Verliere ich auch da die Wahrheit aus den Augen?

Ich muss vermutlich doch meine Strafe absitzen und verdiene es einzusitzen. Ich habe die gesellschaftlichen Regeln gebrochen und muss die Strafe absitzen. Wenn ich aber meine Augen schließe sehe ich die Zelle und sehe nur noch die vielen Spinnenweben und Spinnen. Das halte ich nicht mehr aus. Ich muss hier raus. Eine Flucht zu planen wird schwer, das sehe ich ein. Aber irgendetwas muss geschehen. Und eine Flucht ist die einzige Möglichkeit die mir übrig geblieben ist. Ich habe von einem Zellengenossen gehört, der die Geschichte aufgeschnappt hat, dass ein Wärter einem

Gefangenen die Geschichte erzählte von einem Gefangenen, der eine erfolgreiche Flucht aus diesem Gefängnis schaffte. Irgendein geheimes Tunnelsystem, welches zu den älteren, nicht überwachten Bereichen des Gefängnisses führt, von wo man gemütlich davon spazieren kann. Einfach so. Unfassbar! Ich muss der Sache auf den Grund gehen. Damit ich keine böse Überraschung erlebe, erzähle ich am besten meinen drei Mithäftlingen von der Flucht. So fühlen sie sich der Sache verpflichtet und schweigen. Hoffen dadurch natürlich, ich nehme sie mit. Welch ein Irrtum!

Vierte Geschichte

Zeitungsartikel der Regionalzeitung „Wir-vor-Ort" vom 21. März 2012

[...]

Einem Untersuchungshäftling ist am Freitag die Flucht aus der Justizvollzugsanstalt gelungen. Die Fahndung nach dem 26-Jährigen, gegen den wegen mehrfachen Mordes ermittelt wird, verlief nach Angaben der zuständigen Stellen bislang erfolglos.

Der Mann, dem vorgeworfen wird, seine Eltern brutal ermordet zu haben, ist durch eine Dachluke auf das Dach eines Gebäudes der Haftanstalt gelangt und von dort dann sechs Meter in die Tiefe auf das Dach eines zweiten Gefängnisgebäudes gesprungen. Nach einem weiteren Sprung über fünf Meter landete er offenbar unversehrt auf dem Bürgersteig und setzte seine Flucht mit unbekanntem Ziel fort.

Noch unbekannt ist indes, wie der Mann zu der außerhalb des Gefangenenbereichs gelegenen Dachluke kommen konnte. Die Polizei warnt unterdessen vor dem Versuch, den 26-Jährigen auf eigene Faust stellen zu wollen, da nicht auszuschließen ist, ob der Mann Gewalt anwendet.

[...]

Die Sicht des Drogendealers

„Kommst du mit zu Andrea?", fragte er scheinheilig und hoffte auf ein überzeugtes „Nein" von mir. Bis jetzt habe ich es immer rigoros abgelehnt das Haus zu verlassen. Ich bin nicht in der Verfassung dazu. Ich stehe auf dem Balkon und zünde mir eine Zigarette an.

Es war immer so, dass das Feuerzeuggeknister das einzige Geräusch war was die Nacht durchdrang. Zuerst zündete ich mir eine einsame Zigarette an, dann kam sie hinaus zu mir auf den Balkon in die Dunkelheit und ich zündete ihre Zigarette an.

Die Funken waren das einzige Licht, dass den kommenden Tag einleitete bzw. den vergangenen Tag beendete. Als sie dann zu mir kam und sich in meine Arme kuschelte, waren es zwei Zigarettenstümmel, die die Nacht mit ihrem Klimmen erleuchteten und miteinander in inniger Umarmung verschmolzen zu einem liebevollen Klimmen. Wir leiteten die aufgehende Sonne stets mit einem sinnlichen Kuss ein.

Aber raus in die Wirklichkeit? Zu ihr kommen? Weg von meinen Drogen? Nein, wollte ich erst sagen. Aber die Buchstaben verstanden meine innere Haltung nicht. Das große N und das E wurden zu einem verlogenen J, das I und das N des Nein wurden zu einem ehrlichen a. „Ja.", hatte ich gesagt, ohne davon überzeugt zu sein. Ich konnte nicht mehr fliehen. Nicht mehr zurück. Es überraschte ihn genauso wie mich.

„Du kommst mit zu Andrea? Wirklich? – Ok, wenn du mitkommst, möchte ich das du dich benimmst. Du weißt ja, sie ist nicht nur für sich alleine verantwortlich." Ich wollte sagen: „Klar komme ich mit. Ich muss Andrea noch ausrichten, dass ich sie liebe und seit den letzten gemeinsamen Stunden auf dem Balkon nicht mehr schlafen kann. Ich kann ohne sie nicht mehr schlafen, nicht mehr denken und möchte wieder, dass es so wird wie damals. Ich will wieder in ihren Armen Trost finden, ich möchte da sein, wenn sie wieder das besondere Lächeln macht und für sie da sein, wenn sie weint. Ich möchte wieder mit ihr in den Armen am Morgen aufwachen und von einem anderen Leben träumen."

Darauf erwiderte er ein wenig stutzig: „Was lallst du dir da in deinen imaginären Bart?"

Ich kann es immer noch nicht verstehen. Entweder habe ich verlernt zu weinen und sucht sich nun eine andere Form des Heulens oder meine Offenheit hat einen Offenbarungsgehalt angenommen, der erschreckend wirkt. Statt etwas völlig anderes zu erwidern, vom Thema abzulenken oder einfach zu schweigen, werfe ich ihm meine Gedanken an den Kopf, in der verrückten Annahme, er kann damit umgehen: „Ich liebe sie! Verdammt! Verdammt nochmal, seit wann hast nur du das Recht auf Liebe und Zuneigung? Auch ich verdiene so etwas. Geh wieder nach Hause, ich muss mit ihr etwas besprechen. Ich muss ihr sagen, dass ich sie liebe. Dass ich sie liebe und mich auch um ihr Kind kümmern werde. Du sollst verschwinden!"

„Ja, aber wieso dann meine Freundin? Meine Verlobte?" „Weil so etwas nicht bindend ist.", rede ich mich heraus, obwohl ich genau weiß wie es ihn verletzt. Er antwortet nur platt: „Was redest du da? Beruhig dich erst einmal." Ich werde wütend: „Ich habe mit ihr geschlafen." „Wie jetzt? Hattest du was mit ihr? Öfter? Oft? - Wie oft? Sie sagte mir immer wieder, da wäre nichts."

„Da war etwas. Oft. Sehr oft. Deshalb lass uns in Ruhe. Geh zurück in die Wohnung und lass uns unser Leben als Familie beginnen, weit weg von dir."

„Warte mal. Ich verstehe das alles nicht so ganz. Lass mich das nochmal zusammenfassen. Du liebst sie, hast sie geliebt hinter meinen Rücken und erzählst mir davon nichts, stattdessen kommst du jetzt auf dem Weg zur Babyparty mit dieser Sache heraus und möchtest, dass ich zu Hause sitzen bleibe, sie nicht mehr wiedersehe? Ich glaube, es hackt! Du spinnst wohl! Sowas zu behaupten! Weißt du was du da erzählst? Überleg nochmal, was du gerade gesagt hast. Du bist doch wieder total fertig mit den Nerven."

Ich nur: „Es stimmt. Alles stimmt." Was will er jetzt? Man sieht wie er mit sich kämpft, um mir nicht eine zu verpassen, um die Sache zu verkraften.

„Komm schon! Schlag mich, hau mir das scheiß Grinsen aus dem Gesicht, wenn es dich stört! Du hast ein Recht darauf!" „Wir sind WG-Kollegen. Ich werde dir nichts tun. Ich hätte so etwas nie gebracht. Du bist mein Freund. Wie ein Bruder!" „Los! Schlag mich! Hau mich, ich habe es verdient. Ich bin doch ein Arschloch! Los. Schlag zu!" „Ich werde nichts dergleichen tun. Ich bin nur enttäuscht und verletzt." „Enttäuscht? Weichei!"

„Komm erst mal auf dein buntes Leben klar und gib mir nicht die Schuld an deinen Fehlern. So wie du hier rumtorkelst, das würde jeden Matrosen mit 1,5 Promille auf Landgang beeindrucken! Du bist schon wieder betrunken und was weiß ich noch. Das hast du dir selbst zu verschreiben, geh nach Hause und schlaf dich aus. Ich bitte dich. Komm erst einmal wieder runter und schlaf deinen Rausch aus."

Mir reicht das noch nicht. Ich will mehr. Ich will eine Reaktion von ihm, deshalb sage ich ganz nüchtern und natürlich: „Das Baby ist von mir." Jetzt zeigt er eine Reaktion. Seine Augen werden weiter, er tritt einen Schritt zurück und schaut mich dann wieder eindringlich an: „Belästige uns heute nicht. Lass Andrea für heute in Ruhe feiern und schlaf erst einmal deinen Rausch aus."

Ich breche in Schweiß aus. Mir läuft das Wasser von der Stirn, die Augenbrauen hinunter und in meine Augen. Ich sehe meine Fälle davon schwimmen, irgendwie läuft nichts so wie es sein sollte. Ich hatte einen Plan, ihn zur Rede stellen und mit seiner Freundin in den Sonnenuntergang reiten. Daraus wird wohl nichts.

Jetzt, wo ich weinen will, aber nicht weinen kann, läuft mir statt-dessen der Schweiß in die Augen. Ich kann nicht weinen, will mich nicht demütigen, so weint mein Körper aus den Schweißdrü-sen, als einzige menschliche Reaktion.

„Du bist schon wieder voll fertig. Du schwitzt und kannst dich kaum auf den Beinen halten. Geh einfach nach Hause. Wir reden morgen darüber, was du gerade gesagt hast. Wir finden morgen eine Lösung für das Problem, wir setzen uns drei zusammen hin und besprechen alles in Ruhe." „Aber?", sage ich noch, er dreht sich einfach um und geht. Er lässt mich zurück. Ich bleibe alleine hier stehen.

Ein paar Minuten später höre ich Schritte auf mich zukommen. „Hast du mal eine Zigarette für mich?", werde ich von hinten angesprochen. Die Stimme kommt mir nicht bekannt vor. Ich drehe mich wie im Rausch um und gebe sie her, ohne etwas zu sagen. „Hast du auch mal Feuer?", und wieder erwidere ich nichts, halte nur meine Streichhölzer hin. „Hast wohl einen schweren Tag gehabt?", will der Fremde wissen. Ich will etwas sagen, aber ich weiß nicht wie. Ich weiß nicht, was ich erzählen soll, wo ich an-fangen soll, wo ich enden soll. Deshalb erwidere ich wieder nichts, drehe mich nur um und starre in die Sonne.

An mehr kann ich mich nicht mehr erinnern. Ich spüre nur einen Schlag auf den Hinterkopf und verliere das Bewusstsein, ich schließe meine Augen hoffentlich für immer. Endlich ein bisschen Schlaf. Ruhe. Vielleicht kann ich dann einen klaren Gedanken fassen.

Die Sicht des Mörders

Wenn man eine ganze Zeit im Gefängnis saß und auf wenigen Quadratmetern eingeengt war, noch dazu mit vier anderen Verrückten, begreift man sehr schnell was im Leben zählt. Die frische Luft ohne gefilterte Gitterstäbe, die Freiheit überall hin zu gehen wo man will und wann man will und das befreiende Gefühl eines Spaziergangs. Mehr braucht man erst einmal nicht.

Die ganze Sache würde mehr Vergnügen bereiten mit einer schönen Zigarette, aber ich habe ja kein Geld bei mir. Vielleicht hilft mir da jemand aus? Ich frage also einfach mal den Kerl.

„Hast du mal eine Zigarette für mich?" Er dreht sich um zu mir, hielt mir nur die Zigarettenschachtel hin. „Hast du auch mal Feuer?", wollte ich wissen. Wieder hielt er mir seine Streichhölzer hin, ohne ein Wort auszuspucken. „Hast wohl einen schweren Tag gehabt?", wollte ich wissen, während die Zigarette im Wind glimmt. Wieder erwiderte er nichts, drehte sich nur von mir weg. Das konnte ich nicht auf mir sitzen lassen, vielleicht hatte er mich erkannt.

Mein Fahndungsbild war doch überall aufgehängt. Wer wollte auch schon etwas mit einem verrückten Verbrecher zu tun haben? Dann lieber nichts sagen und hoffen, dass er die Straße runter verschwindet, dann kann ich die Polizei verständigen. So dachte er bestimmt.

Ich hob also einen schweren Stock vom Boden auf und zog dem Fremden das spitze, zerstückelte Ende über den blanken Kopf. Bevor ich merke, was ich da tue, passiert es schon. Eine routinierte Bewegung, mehr brauche ich mittlerweile nicht mehr dazu. Ich habe keine Zeit, um zu realisieren was gerade passiert. Ich verarbeite das Geschehen in Sekunden, ich setze meine Freude an der Tat um in eine Aktion, haue mit bloßen Fäusten immer wieder und wieder auf ihn ein. Mein neues Opfer hat gar keine Chance mehr, sich zu wehren oder zu fliehen, es wird sterben. Vor meinen Augen wird es die letzten Atemzüge tun und ich fühle mich wieder wie Gott. Das Gefühl habe ich vermisst.

4. April 2012 Viertes Interview

Endlich erreiche ich einen Mitarbeiter des städtischen Rathauses. Ich werde weitergeleitet, heißt es. Ich warte am Telefon, während ich mit schnellem Schritt die Hauptverkehrsstraße entlang hechte. Dann eine Stimme: „Hallo?" „Ja. Spreche ich da mit Kurt Wanderholz?" „Ja. Und wer ist da am Apparat?" „Man sagte mir, Sie können mir bei gewissen Dingen helfen, durch Bezahlung natürlich." „Woher haben Sie diese Nummer? Wer sind Sie?" „Ich bin ein Mitarbeiter der BQ, auf Ermittlung." „Was?" „Nein. Keine Panik. Es geht nicht um ihre Person. Ich habe die Nummer von unserer gemeinsamen Freundin Rachel. Legen Sie bitte nicht auf. Ich brauche nur eine Adresse von einem gewissen Studenten." „Von Rachel, sagen Sie das doch gleich. Ok. Sie sind mit den Gegebenheiten vertraut?" „Diskretion. Natürlich. Das versteht sich von selbst. Das Geld bekommen Sie in einem Umschlag von Rachel, es ist alles vereinbart." „Ok. Worum geht es, eine Adresse sagten Sie? Die lässt sich leicht beschaffen."

Ich muss noch ungefähr dreimal beteuern, dieses Gespräch hat so nie stattgefunden und sowieso wird er alles abstreiten, wenn ich ihn in irgendwas hineinziehe. Er habe mächtige Freunde. Nach diesem rituellen Trara bekomme ich die Adresse zur neuen Wohnung.

Ich bedanke mich noch einmal, hänge auf und marschiere zur nächsten Stadtbahnhaltestelle. Die Wohnung ist nicht weit weg von meinem aktuellen Standort. Und es ist gerade achtzehn Uhr. Jetzt müsste er zu Hause sein, wenn ich seinem Stundenplan vertrauen darf. Man muss nur die richtigen Quellen besitzen, dann geht alles von alleine.

Die Bahn bremst langsam und rollt auf die Station zu. Ich kenne das auch anders. Sie kann auch abrupt stehen. Ist er das? Da vorne läuft doch jemand mit Einkaufstaschen zum entsprechenden

Hauseingang. Die Beschreibung passt. Großer Kerl, Mütze zwar tief ins Gesicht, schlaksiger Gang und Universitätsjacke. Ich muss mich beeilen, bevor er im Hauseingang verschwindet. Ich springe aus der Stadtbahn, beschleunige meinen Schritt, komme langsamer auf ihn zu und treffe ihn, wie er versucht den Hausschlüssel in den Taschen zu suchen. Ich biete direkt meine Hilfe an, dadurch wird es nachher einfacher: „Warten Sie. Ich nehme Ihnen die Tüten ab." „Danke, sehr freundlich." „Wohnen Sie hier schon lange? Ich habe Sie hier noch nie gesehen." „Nein, erst vor kurzem eingezogen." Ich spiele meine Rolle perfekt, doch er ist kurz angebunden, öffnet die Tür und verlangt die Einkaufstüten wieder. Da heißt es, jetzt oder nie. Ich setze alles auf eine Karte, gehe in die Offensive: „Haben Sie ihn absichtlich sterben lassen?" „Was? Wovon reden Sie? – Sie sind doch wahnsinnig. Geben Sie mir meine Tüten, verschwinden Sie. Wer sind Sie überhaupt? Wieder so ein Pressekerl? Ich verweigere meine Aussage." „Ich entnehme meinen vorliegenden Unterlagen, sein Tod ist erst viel später eingetreten als vermutet.
Zu diesem Zeitpunkt war der angeblich Verantwortliche schon wieder hinter Schloss und Riegeln. An der nächsten Straßenecke wurde er mit einer Zigarette im Mundwinkel von einer Streife aufgegriffen. Irgendwas stimmt hier also nicht. Sie sind zum besagten Zeitpunkt auf derselben Strecke unterwegs wie das Opfer und müssten entweder den Überfall auf ihn mitbekommen haben oder wenigstens in der Nähe gewesen sein. Sie sind laut Augenzeugenberichten gemeinsam von zu Hause losgegangen. Wie konnten Sie dann nichts von der Tat mitbekommen haben? Sie waren selbst derjenige, der ihn mit einem Stock totgeprügelt hat. Sagen Sie mir die Wahrheit!" „Ich sage Ihnen gar nichts, lassen Sie mich in Ruhe!"
Er geht mit schlechtem Gewissen die Treppe herauf, die Tüten hat er sich vom Fremden zurückgeben lassen, völlig fertig mit der

Welt. Die Wahrheit hatte ihn eingeholt. Sein Freund war noch nicht tot, er hätte gerettet werden können. Er kam den Weg noch einmal zurück, um mit seinem Freund zu reden, da lag er aber schon verletzt am Boden. Es war doch alles nur ein Versehen. Er war mit ihm durchgegangen. Er wollte es nicht. Es war ein Versehen. Er hätte Hilfe rufen müssen.

Der Redaktor schreibt:

„Nachdem er die Tür mit lautem Rumpfs hinter sich zugeschlagen hatte, ging ich in die Redaktion, ich saß eine ganze Zeit am Schreibtisch und entschloss, dem Redaktionsleiter morgen meine umfangreiche Theorie vorzustellen.

Schließlich hatte ich nun genügend stichhaltige Beweise, dass die Polizei bei der Ermittlung einige wichtige Fakten missachtet hat, um bloß schnellstmöglich zu einem Ergebnis zu kommen. Der Elternmörder kam der Polizei gelegen.

Leider waren nicht alle so erpicht darauf, die Wahrheit offen zu legen wie ich, viele fürchteten sich damit einen Schneeball ins Rollen zu bringen. Eine Lawine auszulösen.

Ich aber habe mich der Wahrheit verschrieben, demnach beschloss ich noch am Abend des vierten Aprils im Licht meiner Schreibtischlampe, dieses Buch zu schreiben. Liebe Leser, ich hoffe ihnen hiermit die Augen für die Wahrheit geöffnet zu haben.“

Epilog

Das Ende des Drogendealers

Da liege ich nun. Halb tot und doch noch mit dem Leben verbunden.

Ich höre dumpf mein Handy in der Tasche klingeln und denke noch so: „Das muss der Tod sein."

Ich bin aber noch nicht tot. Ich bin noch lebendig, mein Arm kribbelt und suggeriert mir einen Kick. Habe ich mal wieder übertrieben mit der Dosis und bin deshalb zusammengebrochen? Soviel steht fest: Ich liege auf dem Boden. Die ganze Welt ist mal wieder aus den Fugen geraten. Ich habe wohl wieder schlechtes Zeug genommen.

Dann bin ich nämlich immer ein Unruhestifter. Ich habe meinen Körper dann weniger unter Kontrolle, die einschießenden Bewegungen sind unaufhaltsam. Aber auch geistig entsteht ein Gewitter. Ein Pochen und Klopfen beim Musik hören, die Sonne blendet mehr, Farben sind natürlicher, intensiver und zugleich tauchen sie vermehrt auf in verschiedenen Farbnuancen, vermehren sich untereinander und ergeben fremde Welten.

Auch die Geräusche nehmen zu. Ich rieche mehr, intensiver und stärker. Ich vernehme wie beim Hören jeder Ton, jedes neue Geräusch die Kraft eines Hammerschlages tut. Das Geräusch ragt dann wie ein großes Gebäude hervor aus vielen kleinen Geräuschen, bevor es in meinem Trommelfell explodiert und auf die Größe der Anderen sinkt, stürzt und trümmert.

Da ist wieder das Hämmern in meinem Kopf, bestimmt kommt es daher. Meine Zunge, mein Mund schmeckt dann auch immer Sachen, die ich vorgestern geschmeckt habe und schmeckt sie noch jetzt. Es ist dann immer eine Geschmacksexplosion.

Ich schmecke jetzt zum Beispiel: Eine süßliche Note. Als würde ich eine Eisenbahnschiene ablecken. Oder an einen Teelöffel lutschen, nur im Abgang bittersüß. Irgendwoher kannte ich diesen Geschmack. Er erinnert mich an Blut.

Aber irgendwas ist zu sonst anders. Mein Gesicht klebt. Meine Augen sind verklebt. Ich sehe aber noch etwas. Zwar verschwommene Silhouetten, aber vertraute Silhouetten kann ich noch wahrnehmen, nur nicht einordnen. Irgendwas wird zu mir gesprochen, ich höre meinen Namen fallen und werde aufmerksamer. Ich kann aber nichts verstehen.

Ein Gedanke dringt durch die vertraute Stimme über mir in mein Kopf: „Ist es mein Ende?" Ich denke weiter als sonst: „Habe ich die Drogen jetzt zum Finale hin doch nur noch dazu benutzt Probleme zu lösen, die nicht durch Drogen gelöst werden können? Wollte ich mich nicht für mein Kind bessern?"

Das Gesicht kommt näher an mein Gesicht heran und plötzlich erkenne ich meinen Mitbewohner. Meinen engsten Freund, meinen Erzfeind. Ohne ihn wäre ich nicht hier. Er hat mich am Leben gehalten, er hat mich durchgebracht in meiner schlimmsten Zeit und doch ist er auch der Grund dafür, dass ich hier liege, vielleicht mal wieder mit einer Überdosis.

Schließlich hat er mir die Frau ins Leben gebracht, die mich niedergerungen hat. Was will er jetzt von mir? Er sieht nicht besorgt aus. Er schaut herum, in die Gegend, als würde er jemanden suchen wollen. Wartet er vielleicht auf den Krankenwagen? – Nein. Dafür ist er zu entspannt. Sein Gesicht lässt jegliche Mimik vermissen. Er kommt ganz dich an mein Kopf heran, an mein Ohr, sodass ich seinen Atem in meinen verklebten Haaren fühlen kann: „Das ist dein Ende. Du hast so ein Ende verdient."

Anhang

Informationen zum Buch:

Was ist eine Novelle?
Eine Novelle ist eine kurze Erzählung, die man in einem Zug herunter lesen kann. Es geht um Vorgänge, die ungewöhnlich und deshalb berichtenswert sind. Sie charakterisiert sich meist durch ein seltsam, unerhörtes Ereignis.
Dieses Kriterium einer Novelle geht auf Goethes „Novelle" zurück, die mit einem seltsam unerhörten Ereignis ausgezeichnet war.

In der Novelle „Der Reporter" ist das Gewitter ausschlaggebend.
Wäre unser kleiner Tommy nicht vom Blitz getroffen worden, wäre er auch nicht mordend durch die Straßen gezogen.
Der Blitzschlag verbrannte unseren Elternmörder nicht äußerlich, was an ein Wunder reicht, er verbrannte innerlich; das war die unerhörte Begebenheit.